OCM GMBH
AGENTUR FÜR
CROSSMEDIALE KOMMUNIKATION
UND VERLAG

Die Hexen von Kamen

von Roswitha Koert

Originalausgabe

1. Auflage Dezember 2010

Gestaltung, Satz und Herstellung:
OCM GmbH, Dortmund

Verlag:
OCM GmbH, Dortmund, www.ocm-gmbh.de

Druck und Verarbeitung:
Bookfactory – der Verlagspartner GmbH, Bad Münder

Printed in Germany

ISBN 978-3-942672-00-9

Bibliografische Information der Deutschen Nationalbibliothek

Die Deutsche Nationalbibliothek verzeichnet diese Publikation in der Deutschen Nationalbibliografie; detaillierte bibliografische Daten sind im Internet über **http://dnb.d-nb.de** abrufbar.

Das Wahrzeichen der Stadt Kamen: die **Pauluskirche** mit ihrem schiefen Turm. Begann hier Anton Praetorius seinen Kampf gegen die Hexenverfolgung?

Heute geht alles per Knopfdruck. Doch Ende des 16. Jahrhunderts brauchte man viel Kraft (oder Wut), um die Glocke zu läuten.

Kämerstraße
Das älteste Wohnhaus in Kamen stammt aus dem Jahr 1550.
Hat Anton Praetorius hier gelebt?

Ostenmauer
Noch heute vermitteln die alten Fachwerkhäuser ein mittelalterliches Flair. Ist schon Anton Praetorius über dieses Kopfsteinpflaster gelaufen?

Kapitel 1

Der Verdacht, dass ich Menschen umbringe, wurde an einem regnerischen Vormittag im März des Jahres 2008 zur Gewissheit.

Ich schlug die Zeitung auf, überflog die Schlagzeilen und den politischen Teil um dann, eine Angewohnheit, die ich von meiner Mutter übernommen hatte, die Seite mit den Todesanzeigen aufzuschlagen.

Und da stand sie, Tommis Todesanzeige:

„Plötzlich und unerwartet,
für uns alle unfassbar ...

Thomas Bergental
***24.01.1963 †22.03.2008“**

Ich wusste nicht, woran Tommi gestorben war, ob er einen Unfall gehabt hatte, ob es ein Herzinfarkt war oder eine Krebserkrankung. Manchmal ging so etwas ja ganz schnell, innerhalb weniger Tage ...

Nur eins wusste ich ganz genau: Ich hatte damit zu tun, ganz sicher!!

Irgendwie hatten mich diese Zufälle mein ganzes Leben lang begleitet.

Es fing in der Schule an, vielleicht sogar schon im Kindergarten, aber daran konnte ich mich nicht mehr so ganz genau erinnern.

Aber an das erste Zeugnis umso besser.

In der Größe eines Schulheftes, mit einer gelben Kunststoffschutzhülle, gespendet von der Sparkasse der Stadt Kamen. Mein Herz klopfte laut, als es vor mir auf dem Tisch lag.

Zeugnis

Ihr Kind Regina Mohl

hat einen befriedigenden, teilweise guten Anfang gemacht und wird das Klassenziel voraussichtlich ______ erreichen.

Kamen, den 31.10.1957

Die Lehrerin
Meisig

Der Schulleiter
Bengel

Unterschrift des Vaters
oder seines Stellvertreters: ______

Lesen konnte ich damals noch nicht. Nach dem ersten Halbjahr in der Schule war das auch nicht üblich.

„Kurz muss das Wort sein“, hatte meine Mutter gesagt, „dann ist es gut.“

Das Wort war nicht kurz, im Gegenteil, es war so lang, dass die gestrichelte Linie gar nicht ausreichte. Das Wort war oberhalb der Linie noch weiter geschrieben worden.

Als ich meine Mutter am Zaun des Schulhofes erblickte, brach ich in Tränen aus. Heulend drückte ich ihr das gelbe Heft in die Hand. Sie las und schüttelte den Kopf. Da wusste ich, dass ich eine Versagerin war.

Erst zu Hause las Mutti mir den Satz vor.

Meine Welt brach zusammen. Dass ich nur einen teilweise guten, überwiegend aber wohl nur einen befriedigenden Anfang gemacht haben sollte, war eine Katastrophe. Ich hasste Inge Goll, meine Banknachbarin. Die Angeberin hatte mir das kurze Wort in ihrem Zeugnisheft gezeigt. Die Welt war ungerecht, denn ich war viel fleißiger als die doofe Inge, passte besser auf, meldete mich öfter.

Mein Kummer war auch nach den Kartoffelferien noch da. So schnell konnte ich ein Unrecht nicht vergessen.

Wer nicht mehr da war, war Inge Goll, meine Nachbarin.

„Inge ist krank“, verkündigte Frau Meisig. „Sie wird wohl lange Zeit nicht in die Schule kommen können, deshalb setzt sich Annegret nun mal nach vorne neben Regina."

Mir war es recht. Annegret hatte auch einen befriedigenden Anfang gemacht, fand das aber nicht so schlimm.

Inge sah ich erst viel später wieder. Sie hatte Tuberkulose bekommen, Monate in einer Klinik verbracht und musste das erste Schuljahr wiederholen. Ich habe nie wieder mit ihr gesprochen.

Kapitel 2

Anton Praetorius erhob sich, als es zu später Stunde an seine Tür klopfte.

„Wer dort?“, rief er verärgert durch den Türspalt, den er vorsorglich mit seinem rechten Fuß verschlossen hielt. Die Zeiten waren im Jahre 1586 nicht so, dass man jedermann hereinlassen sollte.

„Mach die Tür auf, Praetorius. Ich bin’s, Johann Bodde!“

Anton ließ den Richter herein und bat ihn, auf dem Holzschemel Platz zu nehmen. Er wollte sich seinen Ärger über die späte Störung nicht anmerken lassen, denn schließlich war Bodde einer der 14 Bürger der Stadt Kamen, die eine Stiftung für die Errichtung einer Lateinschule begründet hatten. Praetorius sollte Rektor dieser Schule werden und „45 Taler pro anno“ bekommen.

„Sollte Kamen durch die Obrigkeit oder von selbst zum leidigen Papsttum und dessen verführerischer abgöttischer Lehre zurückkehren, so sollen die Spender oder deren Erben alles zurücknehmen können“ stand in der Stiftungsschrift, die Praetorius erst vor zwei Tagen unterzeichnet hatte.

„Was willst du von mir?“, eröffnete Anton das Gespräch, nachdem der Richter keine Anstalten gemacht hatte, den Grund seines Besuches zu nennen.

„Meine Frau hat schon wieder ihr Kind verloren, Praetorius.“

Aus Richter Boddes Stimme klang mehr Wut als Trauer.

„Und sie ist schuld. Sie hat ihr den Besen in den Weg gestellt, so dass Gesine zu Boden stürzen musste."

„Redest du von eurer Magd, der Agnes?"

„Sprich ihren Namen nicht aus, Anton. Schon das kann auch für uns den Tod bedeuten. Sie ist eine Hexe, bestimmt, ich weiß es. Ich habe sie gesehen auf dem Werver Feld vor dem Unwetter. Sie hat dort getanzt und seltsame Verrenkungen gemacht. Am Hals hat sie ein scheußliches Feuermal und dünn ist sie wie eine Bohnenstange. Sie hat meine Frau verhext, hat ihren Leib unfruchtbar gemacht."

„Das redest du dir ein, Johann. Deine Frau hat einen schwachen Unterleib. Das ist der Grund, warum sie keins eurer Kinder austragen kann."

„Du hast gut lachen. Gerade hat deine Frau dir einen Sohn geschenkt und sicher kommt bald der nächste und noch eine Tochter und so weiter, und so weiter."

„Versündige dich nicht, Johann. Du weißt genau, dass unser Sohn kränkelnd ist und meine Frau sich gar nicht recht erholen will von den Strapazen der Geburt. Du brauchst auf uns nicht neidisch zu sein."

„Hast ja Recht, Praetorius. Aber dieser Hexe muss das Handwerk gelegt werden. Als Pfarrer hast du doch Einfluss auf die Kirche, Anton. Sie muss Klage erheben."

„Du bist doch selbst Richter, Johann. Für eine Anklage brauchst du die Kirche nicht. Oder möchtest du deine Hände in Unschuld waschen? Soll niemand wissen, dass du hinter der Sache steckst? Weil deine Frau ihre Magd so sehr liebt, Johann? Ist es so?“

Anton Praetorius hatte sich ereifert und beugte sich drohend über den zusammengesunkenen Richter.

„Ich habe sie brennen sehen, Johann. Halbe Kinder noch, unschuldig wie ein Lamm. Gefoltert mit Daumenschrauben, Peitschen und Stöcken, eingetaucht in eiskaltes Wasser, verbrannt mit in Schwefel getauchten Federn, gebadet in siedendem Kalkwasser haben sie schließlich alles gestanden, was man ihnen vorwarf. Besonders gnädige Richter bewilligten diesen armseligen Kreaturen die Erdrosselung vor dem Tod auf dem Scheiterhaufen. Ich war dabei, Johann.“

Richter Bodde erhob sich. „Also gut, Anton. Du willst mir nicht helfen. Wenn du dabei bleibst, wird Kamen einen anderen Rektor an seiner Lateinschule bekommen. Dafür werde ich sorgen.“

Ohne Gruß verließ Johann Bodde die Behausung des Pfarrers.

Kapitel 3

Die kleine Leichenhalle von Prüm war bis auf den letzten Platz besetzt. Auch draußen, vor der Halle, standen noch viele Trauergäste und lauschten den Worten des Pfarrers. Thomas Bergental war ein guter Mensch gewesen, hatte sich aufgeopfert für seine Familie und seine Freunde. Er hatte Gottes Gebote geachtet, war konfirmiert worden, hatte sich kirchlich trauen und seine Kinder taufen lassen. Er war klug und besonnen, hilfsbereit und großmütig gewesen. Eine Mischung aus Albert Einstein und Mutter Teresa.

An manchen Stellen der Trauerrede hätte ich beinahe laut aufgelacht.

Der Sarg war mit blauen Iris und weißen Gerbera geschmückt.

Die Zusammenstellung gefiel mir und ich starrte fasziniert auf das riesige Sarggesteck. „Er hat Blumen so geliebt“, flüsterte mir meine Banknachbarin zu, die sich als „Cousine des Verstorbenen“ vorgestellt hatte. Einen Moment lang dachte ich, dass ich vielleicht auf der falschen Beerdigung sei. Da ich aber Marion und ihre Kinder in der ersten Reihe sitzen sah, hielt ich das für sehr unwahrscheinlich.

Endlich beendete der Pastor seine Rede und erhob die Arme, um den Segen zu spenden.

„Im Namen des Vaters, des Sohnes und des Heiligen Geistes, Amen!“

Die Sargträger eilten herbei, hoben den schweren Sarg mit dem noch schwereren Thomas auf eine Art überdimensionalen Servierwagen und rollten ihn hinaus. Brav in Zweierreihen trottete die Trauergemeinde hinterher bis zur letzten Ruhestätte des lieben Verstorbenen.

Der Pastor ließ es sich nicht nehmen, auch hier am offenen Grab noch einige passende Worte zu verkünden.

„Asche zu Asche, Staub zu Staub“ hallte es über den Friedhof und ich dachte darüber nach, wie viel Zeit wohl noch vergehen würde, bis ich zu Staub und Asche verfallen würde.

Ich warf die weißen Röschen ins Grab, gab Marion und den Kindern die Hand und lächelte höflich, als Marion mir zuraunte: „Du kommst doch auch zum Kaffeetrinken in den Dorfkrug?!“

Ich hatte keine Kaffeekarte, nicht einmal einen Totenbrief bekommen, sondern gehörte zu dem Personenkreis, „der aus Versehen keine Benachrichtigung erhalten hatte“ und von der Todesanzeige in der Zeitung in Kenntnis gesetzt worden war.

Ich hasste Beerdigungskaffeetrinken. Und Thomas hatte ich auch gehasst.

Kapitel 4

Thomas war an einer Fischgräte erstickt.

Ich erfuhr es von Helga, die es von einer Freundin gehört hatte.

Dass Thomas Fisch liebte, wusste ich nur zu gut.

Ich lächelte, als ich den holprigen Friedhofsweg zurück zum Parkplatz ging.

Damals, als wir auf Sylt waren, aß Tommi jeden Tag Fisch.

„Nirgends ist er so frisch wie hier“, schwärmte er und versuchte wieder einmal, mich ebenfalls zu einer „Scholle Finkenwerder Art“ zu überreden.

Ich war stur geblieben und bestellte ein Rumpsteak „medium“.

Eigentlich hätte ich gern die Scholle oder etwas anderes aus dem Meer probiert, aber schon der Gedanke an Thomas Reaktion „Siehst du, habe ich dir doch gleich gesagt!“, weckte meinen Trotz.

Ich wollte ich bleiben, kein „Tommi-Wackel-Dackel-Hündchen“ werden, das gab es schon.

Wir wohnten damals in einem kleinen Hotel in Westerland, schön zentral gelegen, nicht ganz so vornehm, denn das hasste ich. Wir waren zum Biikebrennen hergekommen, einem Spektakel, das jedes Jahr im Februar auf Sylt stattfand.

Am Morgen des 21. Februars machten wir eine lange Wanderung um den Ellenbogen. Es nieselte etwas, aber wir waren warm angezogen, dicke Pullover und darüber Regenjacken, meine in rot, Tommis in grün.

„Du musst es ihr endlich sagen.“

Tommi nickte, aber ich kannte dieses Nicken. Wütend stapfte ich weiter, sammelte ein paar Muscheln auf und einen Stein, den ich für einen Bernstein hielt. Mit Thomas sprach ich nicht mehr.

Erst am Abend, als wir uns in alten Jacken auf dem Weg zum Feuer machten, hielt ich das Schweigen nicht mehr aus.

„Heute Abend musst du Grünkohl mit Schweinebacke essen, das ist Tradition beim Biikefeuer.“

„Ja, ja, ich weiß, der Gott Wotan soll gnädig gestimmt werden und den Winter vertreiben. Gut, dass ich nicht Wotan bin. Mit Grünkohl könntest du mich nämlich vertreiben, aber nicht gnädig stimmen. Willst du mich vertreiben?“

Thomas zog mich an sich und versuchte, mich zu küssen.

„Nein, das will ich nicht. Aber wenn du nicht machst, was ich sage, stoße ich dich ins Biikefeuer und lass dich verbrennen.“

„Du, Hexe!“, schrie Tommi, fasste mich grob beim Nacken und drückte meinen Kopf herunter.

In dieser Haltung liefen wir kreischend weiter, immer in Richtung des Feuers, das bereits hoch in den Himmel loderte und ringsum Rauch und Funken versprühte.

„Ihr müsst zusammen über das Feuer springen“, riet uns ein vorbeilaufender Seebär, „das schweißt für immer zusammen.“

„Dann wähle ich doch lieber den Feuertod“, rief Tommi und ich lachte eine Spur zu laut.

Und dann, in unmittelbarer Nähe des Feuers, spürte ich wieder diese seltsame Aura, ein Gefühl von Angst und Schmerz, das ich kannte. Kannte aus einer anderen, fernen Zeit. Zitternd hielt ich mich an Thomas fest.

Einige Tage nach unserer Reise rief Thomas mich an und sagte mit fremder Stimme, dass er es für besser hielte, wenn wir uns eine Weile nicht bla, bla, bla, bla ...

Da bereute ich zum ersten Mal, ihn nicht ins Biikefeuer gestoßen zu haben.

Kapitel 5

Anton Praetorius stieg mit kräftigen Schritten die schmalen Stufen zum Glockenturm hinauf. Hin und wieder stieß er schnaubend die Luft aus seinem Mund. Nicht wegen der Anstrengung, die ihm das Treppensteigen bereitete, sondern wegen der Wut, die in seiner Brust rumorte. Warum waren sie alle so verbohrt? Richter Bodde war ein ehrenwerter Mann, ein überzeugter Protestant, klug und belesen. Wieso glaubte auch er, wie viele andere Kamener Bürger, an Hexen und Zauberer?

Für alles wurden diese bedauernswerten Geschöpfe verantwortlich gemacht: für schlechte Ernten, Unwetter, Feuersbrünste, Epidemien und so weiter, und so weiter ...

Praetorius wusste, dass selbst Luther und Calvin an die Macht von Hexen geglaubt hatten.

„Die Zauberinnen sollst du nicht am Leben lassen!“

So zitierten sie das 2. Buch Moses im Alten Testament.

„Aber ihr irrt Euch!“, schrie Anton Praetorius laut herunter vom Glockenturm der Pauluskirche zu Kamen. Ein paar Tauben flogen erschrocken davon und Praetorius begann wütend an den Glockensträngen zu ziehen. Hexerei und Zauberei waren Werke des Teufels, nur Gott konnte dies strafen, nicht die Menschen.

Gleich würden sie hineinströmen, in die Kirche, würden beten und singen und sich gegenseitig in ihrer Grausamkeit bestärken.

Sie würden die Kälte bejammern, die immer mehr zunahm, die das Korn verfaulen ließ, in die Häuser kroch, sie feucht und muffig machte, so dass kein Feuer ihrer Herr wurde.

„Merkt ihr nicht, dass die Kälte aus euren Herzen kommt?" Praetorius schrie sich immer mehr in Wut. Die richtige Stimmung für die Predigt, die er gleich halten würde. Er würde ihnen einheizen, den braven Bürgern Kamens, allesamt grausame Folterknechte, Mörder. Kein Blatt würde er vor den Mund nehmen, auch wenn er nicht Rektor der Lateinschule werden würde, wenn sie ihn verjagen würden aus Kamen.

Er würde ihnen den Hexenwahn austreiben und wenn es ihm nicht gelang, würde er weiter ziehen. In einen anderen Ort, wo die Menschen vernünftiger waren, klüger, wo man die Bibel richtig verstand.

Während er die Stufen wieder hinab stapfte, tauchte ein Bild aus seiner Kindheit vor seinen Augen auf.

Ein niedergebrannter Holzhaufen, aus dem immer noch leichter Rauch aufstieg. In der Mitte ein verkohlter Pfahl, an dem ein unförmiger Klumpen hing, schwarz, stinkend. Erst in der Kontur erkannte man schwach so etwas wie einen Kopf, verkohlt, aufgeplatzt, ein weit aufgerissenes Maul, gelbe Zähne einer Totenfratze. Er hatte sie gekannt, ein Mädchen aus der Nachbarschaft. Mit lustigen roten Zöpfen, das gern hüpfend durch die Gassen sprang.

Das Essen war knapp in ihrem Elternhaus, so war sie leicht gewesen wie eine Feder oder ... dünn wie eine Hexe.

Kapitel 6

Ich war fünfunddreißig, als ich meiner ganz großen Liebe begegnete. Damals frisch geschieden, mit einem zehnjährigen Sohn, dessen Erziehung mir nicht gerade leicht fiel.

Mein Mann war ein Nachbarsjunge gewesen, mit dem ich praktisch aufgewachsen war.

Irgendwann hatten wir beide das Gefühl, etwas verpasst zu haben und so beschlossen wir, auseinander zu gehen.

Im Guten, ohne das berühmte „Schmutzige-Wäsche-Waschen“. Unsere Anwälte sorgten dafür, dass das nicht ganz so ablief, schließlich wollten sie ja beide etwas an uns verdienen.

Aber nach monatelangem Gerangel und Gezerre kam endlich der Gerichtstermin und wir waren wieder frei. Frei für ein anderes Leben, für Abenteuer, für neue Lieben.

Wir beeilten uns beide damit. Mein Mann war schon nach einem Vierteljahr wieder verheiratet und ich, wie schon erwähnt, traf meine große Liebe.

Dirk war Student, ewiger Student nennt man so etwas wohl. Er studierte Geografie und Tourismus, eine gelungene Kombination, fand ich. Irgendwie klappte es allerdings mit dem Diplom nicht so recht. Ihm fehlte einfach die Zeit, weil er neben dem Studium als Kellner jobben musste. Also zogen wir zusammen. Er sparte dadurch die Miete und ich bestritt unseren gesamten Lebensunterhalt, so dass er die Kellnerei an den Nagel hängen und sich endlich voll und ganz seinem Studium widmen konnte.

Es dauerte dann nur noch knapp drei Jahre, bis er seinen Abschluss in der Tasche hatte.

Euphorisch von so viel beruflichem Erfolg machte er hochtrabende Zukunftspläne.

Er wollte ganz groß ins Touristikgeschäft einsteigen.

„Bei meinem akademischen Background bietet sich das an", erklärte er mir.

Als unser Reisebüro allerdings schon nach einem halben Jahr wegen Überschuldung wieder geschlossen werden musste, begann ich, an dem Vorteil eines akademischen Backgrounds zu zweifeln.

Aber Dirk hatte bereits neue Pläne geschmiedet. Wir zogen um an die Nordsee und eröffneten in der gesunden Seeluft eine kleine Pension.

„Haus Regina" strahlte es von einem beleuchteten Schild herab und das machte mich richtig stolz. Natürlich musste ich meinen Job als Sekretärin an den Nagel hängen, denn nun hieß es, Frühstück für die Gäste zuzubereiten, Betten zu machen, Zimmer zu putzen und ... und ... und ...

Aber es machte mir Spaß. Dirk wirkte als Maître Domo hinreißend und ich kam mit der neuen beruflichen Erfahrung ganz gut klar.

Was mir weniger Spaß machte, war die Erkenntnis, dass es viele alleinreisende Damen gab, die es ausgerechnet in unser kleines Nordseedorf zog. Dabei war mir völlig schleierhaft, wie man brennend vor Reise-, Lebens- und Abenteuerlust Norddeich als

Urlaubsort wählen konnte, wo doch Mallorca oder Ibiza viel verlockender klangen.

An unseren Preisen konnte es jedenfalls nicht liegen, die waren gesalzen genug.

Dirk war da ganz anderer Meinung als ich. Er genoss es, weibliche Gäste zu bewirten (was allerdings eher meine Aufgabe war) und zu unterhalten (was er wesentlich besser konnte als ich).

„Haus Regina“ florierte. Dirks Gesichtsfarbe nahm eine gesunde Bräune an, während ich zunehmend blasser wurde. Vor Arbeit und vor Eifersucht.

Als Dirk sich eines Abends wieder besonders rührend um eine junge Dame aus dem Ruhrgebiet gekümmert hatte, ging ich wütend ins Bett, ohne im Gästeraum die Tische für das Frühstück einzudecken.

Heulend zog ich die Bettdecke über meinen Kopf und verfluchte die Schnepfe aus Essen. Wilde Träume verfolgten mich dann, grell geschminkt tanzte ich um ein Feuer herum, immer schneller und schneller wirbelte ich herum, schreiend, stampfend, tobend ...

War es nur ein Traum oder hatte ich das schon einmal erlebt?

„Los, werd wach, du musst Frühstück machen!“ Dirks Stimme weckte mich am frühen Morgen.

„Inge muss abreisen, ihre Mutter hatte einen Unfall. Sie hat sich an einem Heizkissen verbrannt, musste in die Klinik. Nun mach schon, ich muss Inge um 9.00 Uhr zum Bahnhof bringen.“

Während Dirk sich Sorgen um Inge und die verbrannte Mutter machte, spürte ich eine wohlige Genugtuung.

Kleine Sünden bestraft der liebe Gott sofort, dachte ich.

Oder war es schon eine große Sünde gewesen? Egal, jetzt war sie weg. Und falls sie es wagen sollte, sich noch einmal anzumelden, würde sie einen äußerst bedauernden Brief bekommen, dass unsere Pension leider ausgebucht sei.

Doch Inge war kein Einzelfall. Ich hatte noch andere Damen zu vertreiben, junge und auch schon etwas ältere, Dirk legte sich da nicht so fest.

Meist waren es harmlose Dinge, die die Damen schließlich zur Abreise veranlassten. Mal eine starke Angina, mal ein Angehöriger, der plötzlich in der Heimat dringend Hilfe brauchte. Bei einer Boutique-Besitzerin aus Gelsenkirchen tauchte unerwartet ein Steuerprüfer auf. Da musste sie natürlich sofort heim und nach dem Rechten sehen. Dirk bedauerte das sehr.

Nur einmal ging es tragisch aus. Ich habe mich nachher oft gefragt, ob es wirklich so kommen musste. Ich hatte Angelika aus Emmerich gemocht.

Normalerweise ging ich nie mit zum Gästeabend, das überließ ich lieber Dirk. Doch diesmal fiel er auf unseren Jubiläumstag, den wir immer für uns allein reserviert hatten.

„Ich muss Angelika begleiten zum Gästeabend. Sie ist frisch geschieden, da kann ich sie nicht mutterseelenallein unter fremde Menschen lassen."

Dirk fiel dabei überhaupt nicht auf, dass er selbst Angelika auch erst vor fünf Tagen kennen gelernt hatte. War er schon kein Fremder mehr?

„Okay. Dann geh ich eben mit!"

Ich hatte Dirks Augen gesehen, dieses Feuer kannte ich, ich wollte auf Nummer sicher gehen.

„Prima!", rief Dirk so laut aus, dass ich zusammenzuckte. „Mach dich aber schick, damit du mit Angelika konkurrieren kannst."

Es sollte ein Scherz sein, aber dieser Satz traf mich tief.

Der Gästeabend war gut besucht. Der Große Saal im Haus des Gastes war bunt geschmückt. „Tanz in den Mai" hieß das Motto und die Wände waren mit frischen grünen Birkenzweigen dekoriert. Dazwischen leuchteten rote Krepprosen und von den Decken strahlten riesige gelbe Sonnen herunter.

Die Band mutete eher bayrisch als ostfriesisch an. Sie spielten nicht besonders gut, dafür aber laut. Ihr Repertoire umfasste die gesamte NDR-1-Hitparade und kam bei den Gästen gut an. Ich fand es von Dirk sehr nett, dass er mich gleich beim ersten Tanz aufforderte.

„Weißt du noch, damals, als wir uns kennen gelernt haben?"

„Wie könnte ich das vergessen", säuselte Dirk. „Du hattest ein blaues Kleid an mit einem tiefen Ausschnitt. Außerdem warst du blond damals."

Ich verkniff mir eine Korrektur. Das Kleid war grün, die Haare rot.

Aber es waren ja viele Männer farbenblind!

Trotz der schrägen Töne der Band genoss ich den Tanz mit Dirk. Und das war gut so, denn es sollte der einzige des Abends bleiben.

Nach dem Anstandstanz mit seiner Partnerin widmete sich Dirk für den Rest des Abends der einsamen, frisch geschiedenen Angelika.

Ich sah, wie er sein Knie unter dem Tisch gegen ihres drückte, als er ihr zuprostete. Der Wein schmeckte mir plötzlich sauer, mit jedem Schluck vermehrte sich meine Magensäure. Sie verätzte nicht nur meinen Magen, sie stieg hoch, sauer, brennend in meine Speiseröhre, verursachte einen bitteren Geschmack in meinem Mund. Ich schluckte, schluckte, schluckte, um zu verhindern, dass Galle aus meinen Mundwinkeln lief.

Als Dirk und Angelika auf der Tanzfläche ihren Flirt fortsetzten, bestellte ich mir den ersten Schnaps. „Schluck“ hieß so etwas in Ostfriesland und obwohl ich es nicht gewohnt war, schluckte ich eine ganze Menge davon.

Da die beiden meine Anwesenheit offensichtlich völlig vergessen hatten, bemerkten sie meinen Zustand nicht. Erst als ich „nimm dich in Acht, ich bin nämlich eine Hexe“ lallte und Angelika meinen drohenden Zeigefinger unter die Nase hielt, brachte Dirk mich nach Hause.

„Wie kannst du dich so betrinken? Was soll Angelika von dir denken?“, schimpfte er mich aus.

„Ist mir total egal, die denkt bald gar nichts mehr“, nuschelte ich, während Dirk mir die Treppe zu unserem Schlafzimmer hoch half.

Trotz meines Alkoholpegels konnte ich nicht einschlafen, hörte die Tür zuschlagen, als Dirk wieder ging und wollte heulen. Aber es ging nicht. Die Säure in meinem Magen hatte alle Flüssigkeit meines Körpers in sich aufgesogen, für Tränen war nichts mehr da.

Ich steckte mir den Finger in den Hals, wollte die Galle und all das Elend in mir herauskotzen. Es funktionierte nicht. Nur ein trockenes Würgen war die Folge und ein grässliches Brennen im Hals.

Am nächsten Morgen erwachte ich von einem Martinshorn, dass unbarmherzig in meinen Ohren dröhnte.

„Steh auf“, herrschte Dirk mich an. „Mach Frühstück für die anderen Gäste. Ich muss weg. Angelika suchen. Sie ist nicht in ihrem Zimmer. Mein Gott, hoffentlich ist sie nicht ins Watt gelaufen!“

Ich befand mich in einem schrecklichen Zustand. Zu dem galleartigen Geschmack war jetzt auch noch Trockenheit in meinem Mund entstanden. Meine Zunge klebte dick an meinem Gaumen. Mein Kopf dröhnte, ein Schmerz kroch vom Nacken hinauf bis zur Stirn und machte mir das Denken unmöglich.

„Wieso Watt. Was macht sie denn im Watt?“

Dirk konnte mich schon nicht mehr hören, er war längst davon gestürmt.

Ich ging ins Bad, stellte die Dusche an und ließ mir kaltes Wasser über Kopf und Körper laufen. Vor meinen geschlossenen Augen entstand das Bild einer jungen Frau, die durch knietiefes Wasser watete. Schon bald gingen ihr die Fluten bis zu den Hüften, sie ruderte mit Händen und Füßen und geriet immer mehr in Panik. Sie trieb genau auf ein Priel zu, warf die Arme hoch und schrie und schrie und schrie.

Ich stellte die Dusche aus, trocknete mich ab, zog mich an und bereitete das Frühstück für die Gäste.

Dirk kam gegen Mittag mit unserem Dorfpolizisten zurück. „Ich muss noch ein Protokoll aufnehmen, Dirk", hörte ich den Beamten sagen.

Ich blieb im Flur stehen, damit die beiden mich nicht sehen konnten. Ich wollte hören, was Dirk zu berichten hatte.

„Du bist also um ca. 1.00 Uhr mit ihr nach Hause gegangen, Dirk?"

„Ja, die Band hat bis 12.30 Uhr gespielt, danach haben wir noch etwas getrunken, dann sind wir aufgebrochen."

„Direkt nach Hause?"

„Nein, wir sind noch etwas spazieren gegangen. Die Luft war ja schon so mild. Gar nicht kalt. Wir sind bis zum Wattenmeer gelaufen. Ich habe es ihr gezeigt, habe auch erklärt, wie gefährlich es ist, dort allein herumzulaufen, wenn die Flut kommt."

„Wann wart ihr zu Hause?"

„Gegen 2.00 Uhr, genau weiß ich das nicht mehr. Sie ist sofort auf ihr Zimmer gegangen."

„Vielleicht hat sie sich nur von dir verabschiedet und ist noch einmal allein losgegangen. Vielleicht, weil der Abend so mild war."

„Nein, sie ist auf ihr Zimmer gegangen. Ich weiß es genau."

„Du weißt es genau? Warst du dabei?"

„Ehhm, ja, ich war dabei. Aber bitte halt die Klappe. Regina braucht das nicht mitzubekommen."

„Schon klar, Dirk, mach dir keine Sorgen. Aber irgendwann ist Angelika noch einmal herausgegangen. Hattet ihr vielleicht Streit?"

„Na, ja, sie machte gleich einen auf große Liebe und so. Ich habe 'ne Weile mitgespielt, aber dann wurde es mir zu viel. Ich hab ihr deutlich gesagt, dass nach dem Urlaub alles zu Ende sein muss. Und das Regina nichts erfahren darf."

„Könntest du dir vorstellen, dass sie absichtlich ins Wattenmeer gelaufen ist, Dirk?"

„Ich weiß es nicht. Sie war eigentlich nicht der Typ für so etwas. Aber man weiß ja nie ..."

Ich schlich leise aus dem Flur in die Küche. Dort stand das Frühstücksgeschirr noch herum. Ich begann, es in die Spülmaschine zu räumen und blickte erstaunt auf eine Träne, die aus meinen Augen in eine Kaffeetasse gefallen war.

Um wen weinte ich? Um Angelika, um Dirk, um mich?

Ich wusste es nicht, aber ich wollte es auch nicht wissen.

Angelikas Leiche wurde zwei Tage später auf Norderney angespült.

Eine Woche später, als alle gerichtsmedizinischen Untersuchungen und die Obduktion abgeschlossen waren, wurde sie in ihre Heimatstadt Emmerich überführt.

Ein Bruder war angereist und begleitete seine tote Schwester im Leichenwagen.

Torsten, mein Sohn, war heilfroh, als wir nach Kamen zurückzogen. Er hatte sich in Ostfriesland nie einleben können.

Und Dirk hatte er sowieso nicht gemocht.

Kapitel 7

„So eine Schweinerei!“ Anton Praetorius stand mit einem Eimer Wasser und einem Putzlumpen vor seinem Haus und betrachtete die Haustür. „Teufelsbuhle“ hatte jemand mit schwarzem Ruß an die Tür geschmiert. Energisch begann der Pfarrer, die Schmiererei mit einem Lappen und Wasser zu bearbeiten.

„Warte, ich bringe dir Seife. Nur mit Wasser kannst du dem Ruß nicht zu Leibe rücken.“ Maria reichte ihrem Mann ein großes Stück Seife und nickte ihm zu.

„Die ist doch viel zu kostbar, um sie für so eine Schweinerei zu vergeuden.“

„Kostbar oder nicht, Anton, du wirst es anders nicht abbekommen. Und ich will es weg haben. Schon viel zu viele Leute aus Kamen haben es gelesen.“

„Sollen sie es lesen! Ich werde meine Meinung nicht ändern. Und ich werde sie jeden Sonntag laut von der Kanzel aus verkünden. Solange man mich lässt!“

„Anton, ich habe Angst. ’Teufelsbuhle’ bedeutet, dass du ein Freund der Hexen bist. Sie werden dich auf dem Scheiterhaufen verbrennen.“

„Das werden sie nicht wagen, Maria. Ich habe einflussreiche Freunde in Kamen. Und wenn es zu gefährlich wird, gehen wir weg von hier, Maria. In Worms hat man mir eine Stelle als lutherischer Diakon angeboten.“

„Dann lass uns nicht zu lange warten. Ein Umzug ist eine große Anstrengung für eine schwangere Frau."

Anton nahm Maria in die Arme. Er wusste, dass sie Angst um ihr zweites Kind hatte, das im Herbst geboren werden würde. Es ging Maria nicht gut. Häufig hatte sie Blutungen und viel zu früh hatten sich erste Senkwehen eingestellt.

„Wir machen es anders, Maria. Wir warten, bis das Kind geboren ist und ziehen nach Worms, sobald es dir und dem Kind wieder gut geht."

„Hoffentlich ist es dann nicht zu spät, Anton."

Praetorius stellte scheppernd den Eimer zur Seite und ging ins Haus, ohne seine Arbeit zu beenden. Er mochte die Schwarzmalerei seiner Frau nicht. Immer sah sie von allen Seiten her Unheil nahen. Er war ein Kämpfer und das erwartete er auch von seiner Frau. Wie sollte er gegen Hexenwahn und Zauberei ankämpfen, wenn seine Frau vor Angst fast verging?

Heimlich hegte er den Verdacht, dass auch sie an die Existenz der Hexen glaubte.

Als kurz nach der Geburt ihres ersten Kindes sich nicht gleich wieder eine Schwangerschaft einstellte, hatte sie Agnes, die Magd von Richter Bodde, sofort in Verdacht.

„Sie hat mich auf dem Markt so seltsam angesehen, Anton, ich habe Angst vor ihr."

„Unsinn!", hatte er sie gescholten. Aber Maria mied von dem Tag an die Marktstände, an denen sie Agnes begegnen konnte.

Anton war immer noch ganz in Gedanken, als seine Frau hereinkam und in der Holzkiste neben dem Herd zu wühlen begann.

„Was suchst du?“, herrschte er sie unfreundlich an.

„Die Wurzelbürste. Mit dem Lappen ist es dir ja nicht gelungen, deinen Namen von der Tür zu entfernen.“

Mit der Bürste in der Hand lief sie wieder nach draußen.

„Maria“, rief Anton ihr hinterher, „du versündigst dich nicht nur an deinem Mann, sondern auch an Gott, wenn du so etwas sagst.“

Aber Maria schien ihren Mann nicht zu hören. Mit heftigen Bewegungen begann sie, die Rußschmierereien mit der Bürste zu bearbeiten.

Anton setzte sich derweil an den großen Holztisch und begann, die Predigt für den kommenden Sonntag vorzubereiten. Allein anhand der Bibel würde er alle Vorwürfe gegen Zauberei und Hexerei widerlegen können. Das Vergebungshandeln Christi musste auch für Angeklagte in Hexenprozessen gelten.

Anton blätterte in der Bibel, um nach geeigneten Stellen für seine Thesen zu suchen, als er ein lautes Krachen und gleich darauf einen schrillen Schrei seiner Frau hörte.

Er rannte nach draußen und fand Maria wimmernd auf dem Boden vor, beide Hände auf den Bauch gepresst.

„Ich bin über den Eimer gestolpert“, heulte sie, als Anton ihr vorsichtig hoch half. Einen Augenblick später erblickte Maria das schmale, dünne Blutrinnsal, das unter ihrem Rock auf den Boden lief.

„Nein!“, schrie sie gellend und krallte ihre Finger in Antons Arme.

Anton brachte seine Frau ins Haus, legte sie auf das Bett und nahm Mantel und Hut vom Haken.

„Ich hole die Hebamme, Maria. Vielleicht kann sie dir helfen.“

Er wartete nicht auf das Kopfschütteln seiner Frau, sondern eilte hinaus.

Als er nach kurzer Zeit mit der alten Wilma zurückkehrte, lag seine Frau wimmernd auf dem Bett. Sie hatte sich Kissen und Decken, die in erreichbarer Nähe waren, zwischen die Beine gestopft. Doch alles war bereits mit Blut durchtränkt.

„Raus“, herrschte die Hebamme ihn an und er eilte erschrocken zur Tür, um das Weite zu suchen. Hier hatte er nichts mehr verloren. Das ging nur noch die Frauen an.

Erst am Abend traute Anton sich wieder nach Hause. Seine Frau lag weiß wie eine Tote im Bett. Alles war wieder sauber und ordentlich. Wilma hatte die Schmutzwäsche bereits in einem großen Zuber eingeweicht.

„Sie schläft jetzt. Es geht ihr gut. Sie wird es schaffen. Und ihr beide seid noch jung. Ihr könnt noch viele Kinder haben.“

„Wirklich?“, Anton drückte der alten Wilma die Hand.

„Ja, sie kann wieder Kinder bekommen. Aber nicht sofort, hörst du. Lass sie in Ruhe in den nächsten Wochen, sie muss sich erst erholen."

Anton liefen die Tränen über's Gesicht, als er sich von Wilma verabschiedete. Wilma schien das nicht sonderlich zu beeindrucken, eher schon der Silbertaler, den Anton ihr für ihre Hilfe gab.

Maria wachte erst mitten in der Nacht wieder auf. Anton saß seit Stunden an ihrem Bett und betrachtete das weiße, schmale Gesicht seiner schlafenden Frau.

„Es ist tot, Anton. Unser Kind ist tot. Es war ein Mädchen."

Anton streichelte seine weinende Frau sacht.

„Du kannst noch viele Kinder haben, Maria. Wilma hat es mir gesagt. Du brauchst nur etwas Ruhe und Schonung."

Bei Antons Worten war das Wimmern von Maria wieder lauter geworden.

„Die Hexe", stammelte sie jetzt. „Sie hat mich verhext. Sie ist vorbeigekommen, als ich die Tür abgeschrubbt habe. Ihr böser Blick hat mich getroffen. Deshalb bin ich über den Eimer gestürzt."

„Du fantasierst Maria. Da war niemand, als ich dich gefunden habe. Du warst ganz allein."

„Nein, Anton, sie war da. Du musst mir glauben. Agnes war da, sie hat mich verhext."

„Wir gehen weg von hier, Maria. Sobald du wieder kräftig bist, gehen wir weg von Kamen."

Anton schüttelte resigniert den Kopf, als seine Frau seine Hand drückte, den Kopf zur Seite legte und gleich darauf wieder eingeschlafen war.

Kapitel 8

Gibt es Menschen, die über ihre fünf Sinne hinaus noch etwas anderes wahrnehmen können?

Die Gedanken lesen oder in die Zukunft blicken können, die Zugang zu anderen Zeiten oder anderen Welten haben?

Ich habe mich oft mit solchen Fragen beschäftigt. Vielleicht deshalb, weil ich etwas in mir spürte, dass mit den uns bekannten Sinnen nicht zu erklären war.

Ich wusste häufig, was als Nächstes passieren würde. Ich wusste, wer anrief, noch bevor ich den Hörer in die Hand nahm. Nicht immer. Aber oft.

Manchmal hatte ich Déjà-vu-Erlebnisse. Da waren diese Momente, die ich schon einmal erlebt hatte. Ein altes Haus, seit Jahren unbewohnt. Ich bin niemals darin gewesen, aber ich wusste, wie die Zimmer aufgeteilt waren. Aus einer anderen Zeit? Aus der Vergangenheit?

Ich betrat das Haus mit meinem Vater, der Polier bei einer Baufirma war. Es sollte abgerissen werden, mein Vater sollte den Zustand begutachten. Er nahm mich nur widerwillig mit, aber ich bettelte so lange, bis er ja sagte. „Das ist nicht ungefährlich", brummte er. „Vielleicht stürzt die Decke ein, da ist jahrelang nichts mehr gemacht worden."

Stirn runzelnd betrachtete er das rote Backsteingebäude, das auf mich eher anziehend als Frucht einflößend wirkte. Ein Geisterhaus, über dessen Eingangsstufen jahrzehntelang kein Mensch mehr gegangen war – gab es ein größeres Abenteuer?

Die Fenster im Untergeschoss waren mit grünen Rollläden verschlossen, im Obergeschoss waren alle mit Holztafeln zugenagelt worden. Unterhalb der Eingangstreppe entdeckte ich eine kleine Tür, die keine Klinke besaß. Der Steinplattenweg, der rund um das Haus verlief, war uneben und buckelig geworden. Baumwurzeln drückten die Platten hoch, Löwenzahn wuchs aus den Ritzen hervor und Efeu schlängelte sich überall entlang bis zur Eingangstreppe.

Eine alte Dame übergab uns die Schlüssel. Sie war verwandt mit den Erben, die weder für eine Renovierung noch für den Abbruch Geld locker machen wollten. Wir gingen die Moos bewachsene Steintreppe zur Eingangstür hinauf. Das rostige Eisengeländer an beiden Seiten der Treppe hinterließ eine braune Spur in meinen Handflächen.

Das Schloss klemmte und mein Vater musste seine ganze Kraft einsetzen, bis die Tür krachend nachgab.

Der muffige Geruch, der uns entgegen schlug, nahm uns fast den Atem. Wir standen in einer alten Diele, dicke Spinnweben waberten durch die Luft, alte Tapeten hingen in Fetzen von den Wänden. Der Holzfußboden war völlig morsch und knirschte bei jedem Schritt.

„Um Gottes Willen, geh nur ganz außen", schrie mein Vater und grabschte nach meiner Hand.

„Rechts geht es zur Küche, dahinter liegt die Speisekammer, geradeaus ist das Wohnzimmer, die Schlaf- und Kinderzimmer sind oben", erklärte ich monoton, ohne zu wissen, woher ich diese Erkenntnisse hatte. Mein Vater geriet in Wut.

„Lass diesen Blödsinn“, schrie er mich an, packte mich und stürmte aus dem Haus heraus.

Die alte Dame erwartete uns an der Straße und nahm den Schlüssel wieder entgegen.

„Ich habe ihre Tochter gehört“, flüsterte sie. „Es ist alles so, wie sie es sagt. Woher kennt das Kind das alte Haus?“

Mein Vater ließ die Frage unbeantwortet. Später erfuhr ich, dass er sich geweigert hat, das Haus noch einmal zu betreten. Der Abrissauftrag ging dann an eine andere Baufirma. Doch die Erben konnten sich nicht einigen, so steht das Geisterhaus heute noch.

Auch Menschen, denen ich zum ersten Mal in meinem Leben begegnete, kamen mir seltsam bekannt vor. Woher wusste ich, dass der beleibte Mann, den mein Vater mir als seinen Kollegen vorstellte, am Bein eine Narbe hatte, bevor er sie mir zeigte?

„Wilddieb“, beschimpfte ich ihn. Ich wusste, dass er in seine eigene Falle geraten war, auch wenn er eine ganz andere Geschichte über sein entstelltes Bein erzählte.

Waren er und ich uns in einer anderen Welt begegnet, einer Parallelwelt?

Als Kind lebte ich in vielen Welten. Und alles vermischte sich irgendwie in meinem Kopf.

„Du lügst!“, schrie meine Mutter mich an. Doch ich konnte nicht unterschieden zwischen Wahrheit und Lüge, Fantasie und Realität, Traum und Wirklichkeit.

„Aber ich habe es doch erlebt", jammerte ich, wenn man mir meine Geschichten nicht glauben wollte. Ich hatte es ja wirklich erlebt, aber vielleicht nicht in diesem Leben, vielleicht nicht in dieser Welt, wer konnte das schon wissen.

Mit zunehmendem Alter gelang es mir besser, meine Welten zu ordnen.

„Im Mittelalter wärst du als Hexe verbrannt worden". Mit ihren Warnungen erreichte meine Mutter, dass ich vorsichtig wurde mit Äußerungen und Erzählungen über meine Fähigkeiten, die mir manchmal Angst einjagten.

„Du kannst bestimmt hellsehen", glaubte meine beste Freundin. Sie verlor aber schnell das Interesse an meinen übernatürlichen Kräften, als es mir nicht gelang, das Thema der nächsten Klassenarbeit vorauszusagen.

Also fing ich an, meinen Mund zu halten über all die Dinge, die ich spürte und erlebte und die anderen Menschen offensichtlich nicht zugänglich waren.

Ich begann, meine Kräfte zu ordnen, zu steuern, für meine Zwecke einzusetzen.

Nicht immer gelang es mir. Fast nie konnte ich konkret vorhersehen, wie mein Einfluss sich auswirken würde. Es war mir, als gäbe es eine höhere Instanz, die über mein Anliegen zu entscheiden hatte. Ich stellte den Antrag, ein hohes Gericht entschied.

Die Exekutive wurde dann in Form des „normalen" und „natürlichen" Schicksals auf Erden tätig. Ich entwickelte selten ein Schuldgefühl. Schließlich hatte ich nur den Antrag gestellt, jemanden auszuschalten oder zu bestrafen. Das Urteil hatte ein anderer gefällt.

Doch dann hatte ich Mitte der neunziger Jahre plötzlich den Eindruck, dass alles Übernatürliche aus meinem Leben verschwunden war. Ich lebte allein, mein Sohn war nach dem Abitur ausgezogen und ich hatte meine Arbeit als Sekretärin wieder aufgenommen.

Mein Leben lief in geordneten Bahnen, für Übernatürliches gab es irgendwie keinen Platz, auch keinen Anlass mehr.

Eine Zeit lang genoss ich diese Ruhe, war glücklich und zufrieden. Doch Einsamkeit und Langeweile sind Feinde von Glück und Zufriedenheit. Und nach einiger Zeit siegten sie über die positiven Gefühle.

Ich spürte, dass ich etwas ändern musste in meinem Leben. Ich wollte wieder einen Partner haben. Ich musste wieder einen Partner haben. Das Alleinsein brachte mich um.

„Jemand wird dir begegnen“, prophezeite ich mir selbst, aber der Zauber wollte nicht gelingen. Meine Fähigkeiten, Dinge und Geschehnisse zu beeinflussen, waren verschwunden.

In meiner Not suchte ich nach Hilfe von außen. Längst waren Parapsychologie und Co. keine verpönte Hexerei mehr wie in meiner Kindheit, sondern ernst zu nehmende Wissenschaften. Auf meiner Arbeitsstelle hatte ich einen Internetzugang. Obwohl privates Surfen streng verboten war, wagte ich den Zugriff auf ein Hexenportal.

Hexe Helga versprach mir, durch ein Ritual meine Fähigkeiten wieder zu erwecken. Wir vereinbarten ein Treffen und ich opferte zwei Tage Urlaub, um in die Eifel nach Prüm zu fahren. Das kleine Waldstädtchen mit der schönen alten Basilika aus dem 18. Jahrhundert begrüßte mich mit strahlendem Sonnenschein.

Fast 1300 Jahre war es her, dass Pippin der Bucklige, ältester Sohn Karls des Großen nach einer Verschwörung gegen seine Familie in die Abtei Prüm verbannt worden war.

Für eine Hexe schien mir dieser Ort wie geschaffen zu sein.

Obwohl im zweiten Weltkrieg 80 Prozent der Häuser in Prüm zerstört wurden, war es der Stadt gelungen, ihr historisches, mystisches Flair zu erhalten.

Ein hohes steinernes Gedenkkreuz auf dem Kalvarienberg erinnerte an eine Katastrophe vom 15.07. 1949, als ein unterirdischer Munitionsbunker mit 500 Tonnen Sprengstoff in die Luft flog und zwölf Menschen das Leben kostete, viele Verletzte und Obdachlose hinterließ.

Sattgrüne Wälder umrahmten die Stadt, die zum deutsch-belgischen Naturpark gehörte.

Helga zeigte mir im Ortsteil Dausfeld ein Jugendlager, das aus zehn beheizbaren Köhlerhütten mit Schlafstellen, Waschräumen, Duschen und Toilet ten bestand.

„Hier werde ich nächsten Monat ein Hexensabbat veranstalten“, berichtete sie stolz.

Helga war mir auf Anhieb sympathisch. Weltoffen, freundlich und attraktiv stand sie mir gegenüber.

„Eine Hexe hast du dir wohl anders vorgestellt“, flüsterte sie mir zur Begrüßung zu.

„Du kannst Gedanken lesen“, antwortete ich und sie meinte gutgelaunt „Na, klar doch.“

So gab es von Anfang an keine peinlichen Momente zwischen uns. Ich brauchte auch gar nicht viel zu erklären, Helga schien wirklich das meiste zu wissen, zu ahnen oder zu spüren.

„Deine Fähigkeiten sind nicht verschwunden, sie schlafen nur etwas“, sagte sie mir am ersten Abend unserer Begegnung.

„Wir machen ein Kristall-Ritual“, entschied sie mit einer Stimme, die keinen Widerspruch duldete.

Helga stand auf, ging zu ihrem Fenster und zog schwere dunkelrote Vorhänge zu. Im Dämmerlicht konnte ich sie sehen, ihre Handlungen beobachten.

Sie zündete eine Kerze an und stellte sie auf dem niedrigen Tisch ab. Dann nahm sie ein dickes Buch zur Hand, schlug es auf und legte es nach einigem Blättern offen auf den Tisch. Die linke Seite des Buches war mit schwarzer Tinte beschrieben, die rechte Seite zeigte die Abbildung eines alten Mannes, der mit geschlossenen Augen meditierte.

Nun legte Helga ein Bild, auf dem ein Pentagramm abgebildet war, direkt neben die Kerze.

„Du kennst die Bedeutung?“, fragte sie mich und deutete auf den fünfzackigen Stern.

„Feuer, Wasser, Erde, Luft und Äther“, antwortete ich leise.

„Ja, das ist die westliche Erklärung der Elemente. Aber bei diesem Stern zeigt eine Zacke nach oben. Er symbolisiert die Verbundenheit des Menschen mit dem Kosmos“, erklärte sie mir.

Schließlich stand Helga noch einmal auf, verließ den Raum und kam etwas später mit einem Gegenstand in der Hand wieder, den ich wegen der Dunkelheit im Zimmer zunächst nicht erkennen konnte. Langsam, fast feierlich legte sie ihn auf den Tisch. Jetzt erkannte ich einen Kristallstein, weißgelblich, unscheinbar, wie ein Zuckerkristall unter einem Vergrößerungsglas.

„Beantworte alle meine nachfolgenden Fragen wahrheitsgemäß“, ertönte Helgas Stimme dunkel und geheimnisvoll, wie ich sie bisher noch nicht gehört hatte.

„Was möchtest du mit diesem Ritual erreichen, Regina?“

Helgas veränderte Stimme verursachte mir eine Gänsehaut.

„Ich möchte meine Einsamkeit beenden. Ich möchte wieder einen Partner kennen lernen.“

„Warum kommst du mit diesem Wunsch zu mir, Regina?“

„Meine Fähigkeit, ein solches Treffen herbeizuführen, ist erloschen.“

„Du irrst dich.“

Helga sprach diese Worte langsam und mit Nach druck aus. Dann verstummte sie für eine ganze Zeit. Ich versuchte, Reaktionen in ihrem Gesicht zu lesen. Doch sie saß bewegungslos mit geschlossenen Augen vor mir und schien völlig in Trance zu sein.

Plötzlich ertönte ihre tiefe Stimme wieder.

„Ich konzentriere mich auf die positiven Kräfte des Universums und leite meine Gedanken in den Kristall."

Wie in Zeitlupe nahm Helga den Stein in beide Hände.

„Ich spüre, wie die magische Energie in den Kristall hineinströmt. Wenn dein inneres Auge das Leuchten des Steins sehen kann, haben meine Schwingungen den richtigen Weg zu dir gefunden."

Ich starrte auf Helgas Hände und plötzlich sah ich es. Ein Leuchten, ein wunderbares Licht, nicht grell, sondern warm, sanft, tröstend.

„Es ist soweit", hörte ich Helgas Stimme. „Meine Schwingungen haben dich erreicht. Nun kannst du die Botschaft des Rituals, deine Wünsche, deine Erwartungen, deine Gedanken weiter tragen. Du brauchst Konzentration dazu und es wird dich viel Kraft kosten. Doch dann wirst du ein leichtes Kribbeln spüren und eine wohlige Wärme. Deine Botschaft ist angekommen, deine Wünsche werden sich erfüllen."

Alles, was Helga ankündigte, traf ein. Am Ende des Rituals waren wir beide so erschöpft, das wir minutenlang schweigend und in uns gesunken im Sessel verharrten.

Schließlich stand Helga auf, öffnete die Vorhänge, löschte die Kerze.

Für den Rest des Abends und auch am nächsten Tag sprachen wir nicht mehr über das Ritual.

„Moderne Hexen leben leider nicht von Luft und Liebe“, erklärte Helga mir bei der Verabschiedung, jetzt wieder mit ihrer fröhlichen, lauten Stimme.

Obwohl 500 DM die Haushaltsplanung bei einem Sekretärinnengehalt sprengten, bereute ich die Ausgabe nicht einen Tag. Helga hatte mir meine übersinnlichen Fähigkeiten wieder gegeben. Das war unbezahlbar!

Kapitel 9

Der Entschluss stand für Anton Praetorius fest. Er würde nach Offenbach gehen!

Graf Reinhard von Isenburg-Birstein hatte ihm eine Stelle als Hofprediger angeboten.

Dort, in der Residenz des Adelgeschlechts Isenburg, würde Maria sich wieder erholen, so hoffte Anton.

Doch Maria war wenig begeistert von den Plänen ihres Mannes.

„Du kannst nicht davor weglaufen, Anton“, hatte sie geantwortet auf seine Frage, ob sie mit ihm nach Offenbach gehen wolle.

Anton war wütend geworden, wie immer, wenn Maria ihre Furcht vor Hexerei, Verdammung und Verwünschung zeigte.

„Du bist in Worms nicht glücklich geworden, auch nicht in Oppenheim, nicht in Dittelsheim, nicht in Heidelberg. Du wirst auch in Offenbach nicht glücklich werden.“

Anton biss sich auf die Lippen, als er seine Frau so reden hörte.

„Du bist nicht glücklich, Maria. Ich würde gern mit dir und Johannes endlich sesshaft werden. Aber du siehst überall Hexen, Teufel, Höllenqualen.“

„Ich erleide Höllenqualen, Anton. Ich bin verdammt. Weißt du nicht, dass mein Leib unfruchtbar geworden ist?“

„Du bist krank, Maria. Und schwach. Deshalb verlierst du deine Kinder. Aber der Johannes, der ist doch da. Und gesund. Du hast einem gesunden

Kind das Leben geschenkt. Sei Gott dankbar, Maria. Sei dankbar für unseren Sohn."

Maria schüttelte traurig den Kopf. Anton wusste, wie gern sie noch ein Kind hätte.

Doch immer wieder erlitt sie Fehlgeburten. Und sie wurde immer schwächer und schwächer.

„In Offenbach, da leben wir bei Hofe, Maria. Da wird es dir gut gehen. Gutes Essen, ein gutes Haus, ein gutes Leben. Du wirst sehen, wie du dich da erholst. Die Bediensteten des Grafen werden sich um dich kümmern, wenn du krank bist, Maria. Glaub mir, es wird alles gut in Offenbach."

Anton nahm seine Frau in den Arm. „Mein Gott, wie dünn sie geworden ist,", dachte er und drückte sie vorsichtig, als habe er Angst, ihr wehzutun, an sich.

Er wusste, dass sie mit ihm gehen würde. Sie hatte keine andere Wahl.

Zehn Jahre nach ihrem Weggang aus Kamen würden sie endlich ein Zuhause finden, Anton war sich ganz sicher.

Mit Graf Reinhard von Isenburg-Birstein hatte er bisher nur schriftlichen Kontakt. Doch der war sehr erfreulich verlaufen.

Seit 40 Jahren sei Offenbach die Residenz des Adelgeschlechts der von Isenburg, berichtete der Graf.

Als Hofprediger würde Anton mit seiner Frau im Schloss wohnen, das der Graf 1578 nach einem Brand wieder aufgebaut hatte.

Im Jahr 1559 war die Reformation in Offenbach eingeführt worden, schrieb der Graf.

Anton wusste, dass er seit seiner Tätigkeit als Diakon an der Katharinenkirche im kurpfälzischen Oppenheim als Anhänger des reformierten Bekenntnisses galt.

Die Wahl des Grafen war nicht von ungefähr auf ihn gefallen.

Als Anton Praetorius wenige Zeit später mit seiner Frau und seinem Sohn im Schloss des Grafen stand, dankte er Gott für diese Wende in seinem Leben.

Mit Zuversicht sah er in die Zukunft. Doch es sollte alles anders kommen.

In der dritten Nacht, die sie im Schloss des Grafen verbrachten, erwachte Anton von dem Stöhnen seiner Frau. Maria lag nass von Schweißausbrüchen und zitternd neben ihm. Anton stand auf, holte Tücher, die er in der Waschschüssel tränkte und legte sie auf die Stirn seiner Frau.

„Maria, kannst du mich hören? Ich gehe zum Grafen. Er soll nach einem Arzt schicken. Er wird dir helfen."

Aber Maria reagierte nicht auf Antons Worte, ihr Stöhnen wurde leiser, schwächer.

Anton traute sich nicht, seine Frau allein zu lassen. Er versuchte, ihr das nasse Nachthemd auszuziehen, doch ihr schlaffer Körper machte es ihm unmöglich.

Immer wieder tauchte er die trocken gewordenen Tücher in die Waschschüssel, legte sie erneut auf ihre Stirn, band sie um ihre Waden, hoffte, so das Fieber herunterzubekommen.

Anton tat kein Auge zu in dieser Nacht. Er lief hin und her und grübelte, was er noch tun könne, um seiner Frau zu helfen.

Gegen Morgen wurde ihr Atem ruhiger, sie stöhnte nicht mehr.

Anton hielt sie im Arm, als sie plötzlich die Augen aufschlug.

„Maria!“, rief Anton und er spürte, dass sie etwas sagen wollte.

Sie begann, nach Luft zu schnappen, heftig, hastig. Sie krallte sich an Antons Arm fest, bis sie erschöpft zurücksank in ihr Kissen, seinen Arm losließ, nicht mehr atmete.

Tränen liefen über Antons Gesicht. „Maria“, wimmerte er leise, als er ihr die Augen zudrückte.

„Papa, was ist geschehen?“ Johannes war wach geworden und trat an das Bett seiner Eltern.

Stumm nahm Anton Praetorius seinen einzigen Sohn in den Arm.

„Deine Mutter ist eingeschlafen“, sagte Anton, „für immer.“

Natürlich konnte Maria nicht in der Familiengruft derer von Isenburg beigesetzt werden.

Hinter der kleinen Kapelle, in der Anton seine Predigten hielt, gab es einen Friedhof für die Bediensteten. Dort fand Maria ihre letzte Ruhe. Sooft Anton konnte, besuchte er ihr Grab. Maria war gestorben, doch Antons Liebe zu ihr lebte weiter. Manchmal hatte er das Gefühl, dass seine Liebe durch den Tod sogar noch stärker geworden war.

Mit der Einwilligung des Grafen baute Anton die kleine Kapelle zu einer Kirche aus.

Hier fühlte er sich wohl, hier, in Marias Nähe.

Der Graf drängte Anton schon bald, sich wieder zu verheiraten.

„Ein reformierter Hofprediger braucht eine Frau. Wir leben doch nicht im Zölibat", ermahnte er Anton.

Graf Reinhard von Isenburg hatte für seinen Hofprediger auch schon eine Wahl getroffen. Eines Abends stellte er ihm Anna vor, eine kräftige Frau mit blonden Haaren, die ihr Interesse an Anton nicht verbarg.

Anton ließ alles über sich ergehen, er wollte dem Grafen nicht widersprechen.

So wurden die beiden schon bald in Antons neuer Kirche von dem Pfarrer aus Offenbach getraut.

Anton mochte Anna, doch sie war nicht Maria, immer noch liebte er Maria.

„Vielleicht gewöhne ich mich an sie", so dachte er, „vielleicht kann ich sie schon bald sogar etwas lieb haben."

Es waren erst zehn Tage seit der Hochzeit vergangen, als Anna plötzlich anfing, stark zu husten und unter Atemnot zu leiden. Entsetzt beobachtete Anton, wie seine Frau schwarzblutigen Schleim ausspuckte. Er wusste, dass die Lungenpest in

Offenbach grassierte und brachte Anna sofort aus dem Schloss. Er durfte das Adelgeschlecht von Isenburg nicht in Gefahr bringen. Anna starb am zwölften Tag nach der Hochzeit, ganz allein. Anton hatte sie nicht mehr zu Gesicht bekommen. Ihr Leichnam wurde sofort verbrannt.

Obwohl er keine Liebe für sie empfunden hatte, trauerte Anton um seine zweite Frau.

Er hatte kein Verständnis, dass der Graf nur wenige Wochen nach Annas Tod schon wieder die nächste Heiratskandidatin für ihn ausgesucht hatte.

Doch Anton beugte sich abermals.

Hildegund aus Büdingen war die Tochter eines Kaufmanns. Jung und hübsch, nicht so dünn wie Maria, nicht so kräftig wie Anna.

„Sie wird dir eine Menge Kinder schenken", prophezeite der Graf und zwinkerte Anton zu.

„Morgen werde ich die Verlobung bekannt geben", entschied Graf Reinhard, ohne einen Einwand von Anton zuzulassen.

Es wurde ein ausgelassenes Fest im Isenburger Schloss gefeiert. Man freute sich, dass der Hofprediger bald wieder heiraten würde, Hildegund eroberte die Herzen im Sturm.

Doch was niemand außer Hildegunds Vater wusste, erahnte Anton schon bald. Ihm fiel auf, dass seine Verlobte häufig die Hände an die linke Brust presste, so, als würde sie Schmerzen oder ein Ziehen dort verspüren. Hildegunds Herz war nicht gesund. Drei Tage nach dem Verlobungsfest hörte es auf zu schlagen.

Kapitel 10

„Erwarte von einem einmaligen Ritual keine Wunder", sagte Helga mir zum Abschied. „Wie so oft im Leben, muss sich auch hier der Erfolg in kleinen Schritten einstellen. Eine Wirkung ergibt sich in fast allen Fällen zwar sofort. Für den Dauererfolg muss aber mehr getan werden."

Ich merkte mir ihre Worte gut. So war ich nicht überrascht, als schon kurz nach meiner Reise nach Prüm ein neuer Mann in mein Leben trat. Die Magie wirkte!

Martin war der Steuerberater meines Chefs, sehr charmant, sehr klug, leider verheiratet. Da ich ihn aber ohnehin als „kleinen Schritt" und noch nicht als „Dauererfolg" in meinem Beziehungsmarathon einstufte, machte ich keine Tragödie aus seinem Familienstand. Das Wochenende gehörte Frau und Kindern, aber wochentags hatte ich ihn oft für mich ganz allein. Mein Chef zeigte sich sehr tolerant, gewährte mir Freistunden, die ich beliebig an meinen einsamen Wochenenden nacharbeiten konnte.

Martin liebte schnelle Autos, deren Marken er oft wechselte. Fast alle paar Wochen holte er mich mit einem anderen Schlitten vom Büro ab. Natürlich musste ich sein Statussymbol immer gebührend bewundern, sonst war Martin beleidigt.

Wir saßen in einem schwarzen BMW Z3 Roadster und fuhren aufs Land hinaus, zu einem kleinen Gasthof, wo Martin sicher sein konnte, keinem Mandanten zu begegnen. Martins Frau war für ein paar Tage mit den Kindern zu ihren Eltern an die Nordsee gefahren. Martin bedauerte sehr, dass er nicht mitkonnte, aber er betreute gerade bei meinem Chef eine Betriebsprüfung.

Ununterbrochen redete Martin über sein neues Auto. Ein Sportcoupé mit einem Sechszylindermotor und 321 PS. „Hast du die leichten Retro-Einflüsse bemerkt, das herrliche Design und die silbernen Felgen? Man merkt gleich, dass dieses Modell in den USA hergestellt wurde. Wusstest du das übrigens?“

Ich verneinte seine Frage, bestätigte aber, wie froh ich über seine Information sei. Man glaube doch immer, ein BMW würde in Deutschland, genauer in Bayern gebaut, nicht wahr? Martin wusste wohl nicht ganz genau, ob ich mich über ihn lustig machte und sah mich misstrauisch von der Seite an. In der Tat fühlte ich mich in dem neuen Superauto alles andere als wohl. Das Cockpit in dem Zweisitzer war mir viel zu eng, die Karosserie zu flach, wie ein Geschoss, das sich an den Boden drückte.

„Fahr nach rechts!“, schrie ich Martin während eines Überholmanövers an und er riss in Bruchteilen von Sekunden das Steuer herum, sodass der Z3 mit einem gewaltigen Schlenker knapp vor dem hinteren Fahrzeug auf die rechte Fahrbahn schoss.

Der Fahrer hupte wie verrückt. Als ich zurückblickte, sah ich, dass er uns einen Vogel zeigte. Mit hoher Geschwindigkeit rasten wir rechts an dem Sportwagen vorbei, der noch vor wenigen Augenblicken vor uns auf der Überholspur gewesen war. Sekunden später hörten wir das grässliche Geräusch, das entsteht, wenn Metall auf Metall trifft, ein hohes Kreischen, dann das Quietschen von Bremsen und danach ein dumpfes Aufprallen. Aus den Augenwinkeln glaubte ich, Blitze aufglühen zu sehen.

„Dreh dich nicht um, schau geradeaus, auf die Fahrbahn“, rief Martin.

Ich brauchte mich nicht umzudrehen, um zu wissen, was geschehen war. Martin fuhr ohne ein Wort zu sprechen, weiter, bis er eine Notruf-Säule des ADACs sah. Er fuhr auf den Standstreifen, sicherte das Auto mit Warndreieck und Warnleuchte und sprach in die Notrufsäule. Ich verstand nur Wortfetzen von dem, was er in den Apparat schrie. „A 1 Richtung Norden ...hinter Münster. Kilometer-Stein ... Ja, ein Mercedes, Sportwagen ... hat sich überschlagen ... ja, mehrmals ... ich glaube, zwei Personen ... nein, ich musste weiterfahren ... wäre beinahe selbst hinein gefahren ... das weiß ich nicht ... schicken sie sofort einen Krankenwagen ... nein, ich bin unverletzt ... ja, danke!“

Martin sah blass aus, als er zurückkam. „Wir sollen hier auf die Polizei warten. Wir werden als Zeugen vernommen.“

Ich nickte. „Ich habe nichts gesehen“, sagte ich zu Martin. Er sah mich von der Seite an. „Wieso hast du dann geschrieen?“, fragte er mich. „So was hab ich manchmal“, flüsterte ich und Martin schüttelte mit dem Kopf.

Das Verhör durch die Polizei verlief problemlos. „Da haben sie ja 'nen Riesenmassel gehabt“, sagte der junge Polizist. Martin nickte. „Der Fahrer des

Passats hat uns gesagt, dass sie ziemlich abrupt den Überholvorgang beendet haben und direkt vor ihm wieder auf die Fahrbahn gefahren sind. Er musste bremsen."

„Ja, ich hatte wohl so etwas wie eine Eingebung", antwortete Martin, während er mich dabei ansah. „Wären Sie auf der Überholspur geblieben, wären Sie mit Sicherheit aufgefahren. So wie der Golf. Da konnte keinem mehr geholfen werden."

„Und die Insassen aus dem Mercedes?", fragte ich mit belegter Stimme.

„Der Fahrer lebt, ist aber schwer verletzt. Die Beifahrerin ist tot. Sie war erst 25."

Der Polizist seufzte. „Immer diese Raserei. Bei 130 wäre das nicht passiert!"

Er zuckte die Schultern, ließ uns die Zeugenprotokolle unterschreiben und wünschte eine gute Weiterfahrt.

Es wollte keine rechte Stimmung aufkommen, als wir später in dem kleinen Hotel zwischen Münster und Greven beim Abendessen saßen. Martin stocherte lustlos auf seinem Teller herum. „Schmeckt es dir nicht?", erkundigte ich mich.

„Der Schock sitzt mir immer noch im Nacken."

„Es ist ja alles gut gegangen. Ist uns doch nichts passiert."

Ich versuchte, Martin etwas aufzuheitern.

„Woher wusstest du ...", begann er nun wieder. „Hör auf, Martin,", unterbrach ich ihn. „Ich habe es dir doch schon gesagt. Manchmal ist das so bei mir.

Wir haben abnehmenden Mond im Augenblick. Da kann ich Unglück fernhalten."

Martin sah mich sprachlos an. „Du beschäftigst dich mit Esoterik?", fragte er erstaunt. „Eigentlich nicht. Oder ja, doch. Aber nur deshalb, weil ich diese Kräfte und Fähigkeiten schon immer habe. Schon seit meiner Kindheit. Das es was mit Magie zu tun hat, entdeckte ich erst viel später."

„Bist du eine Hexe?" Ich lachte. „Ich bin eine Frau, Martin. Eine Frau, die sich auf zwei schöne Tage mit dir gefreut hat. Lass uns nicht mehr darüber reden. Es ist uns nichts passiert, das ist doch die Hauptsache. Und jetzt möchte ich mit einem Glas Sekt auf schöne Stunden in diesem Hotel anstoßen."

Es war mir gelungen, Martin von dem verfänglichen Thema abzubringen.

Doch nur für kurze Zeit. So schnell ließ er nicht locker.

Nach unserem Wochenendurlaub auf dem Lande eröffnete Martin meinem Chef, dass er mich abwerben und in seinem Steuerberatungsbüro anstellen wolle. Ich war sehr erstaunt, Martin hatte mich mit keinem Wort über seine Pläne informiert.

„Werde ich überhaupt nicht gefragt?", unterbrach ich die beiden Geschäftspartner, die bereits eifrig über Ablösesumme, Resturlaub und Weihnachtsgratifikation verhandelten. „Nein, wir haben bereits alles geregelt", warf Martin herüber und ich knurrte: „Das ist ja der reinste Menschenhandel."

Martin nahm mich in den Arm. „Ich dachte, du freust dich darüber."

„Das weiß ich noch nicht“, erwiderte ich kühl. „Als Geliebter bist du ja ganz passabel. Wie du als Chef bist, weiß ich ja nicht.“

Ich hatte leise gesprochen, aber mein Noch-Chef hatte alles verstanden und sagte jetzt grinsend: „Er ist bestimmt nicht schlechter als ich. Außerdem zahlt er vierzehn Monatsgehälter, ich nur dreizehn. Also solltest du zugreifen. Ich werde schon einen Ersatz finden.“

Eine Woche später wurde ich in der größten Steuerberater- und Wirtschaftsprüfungsgesellschaf t der Stadt Dortmund als Privatsekretärin des Kanzleiinhabers eingestellt. Meine steile berufliche Karriere überraschte nicht nur mich, sondern auch die in Ehren ergraute Frau Biermann, die nun den Schreibtisch im Vorzimmer des Chefs gegen den Registraturkeller eintauschen musste.

Ich merkte sehr schnell, dass sie versuchte, mich mit schwarzer Magie wieder loszuwerden, sie ging sehr plump dabei vor.

Gleich in den ersten Tagen fand ich in meiner Arbeitsmappe und im Terminkalender kleine Zettel mit Zaubersprüchen, unter meiner Schreibtischauflage lag ein selbstgemaltes Pentagramm, magische Steine waren harmlos wie Urlaubsmitbringsel in der Bleistiftschale verteilt. Lieselotte Biermann suchte unter den fadenscheinigsten Ausreden meine Nähe. Sie schien sich eine Ritualstrategie zurechtgelegt zu haben, die sie mit Konzentration und Geduld verfolgte.

„Hexe bekämpft Hexe“, lachte Martin, als ich ihm von Frau Biermanns Aktivitäten erzählte. „Ich glaube nicht, das sie mir etwas anhaben kann“, erwiderte ich.

„Nein, du hext auf einer ganz anderen Ebene.“ Ich schaute Martin nachdenklich an, ohne eine Antwort zu geben. Er hatte gerade die Tür seines Büros verschlossen und wir hatten andere Dinge im Kopf, als uns Gedanken über Frau Biermann zu machen.

Eine Weile glaubte ich, der Vorfall auf der Autobahn sei bei Martin in Vergessenheit geraten. Aber ich irrte mich. Wir besuchten einen Kongress auf Norderney, als er abends im Hotel plötzlich wieder davon anfing.

„Du hast gesagt, dass du damals auf der Autobahn Unheil von uns abwenden konntest. Kannst du auch Unheil stiften?“

Ich blickte Martin aufmerksam an, um festzustellen, ob seine Frage ein Spaß war.

Aber seine Augen lächelten nicht, er erwartete tatsächlich eine ernste Antwort von mir.

„Es gibt keine schwarze oder weiße Magie. Das ist alles Quatsch. Irgendwann habe ich gemerkt, das ich Dinge oder Geschehnisse beeinflussen kann. Aber oft passiert das unbewusst, deshalb habe ich es lange nicht gemerkt.“

Martin lachte nicht über meine Worte.

„Glaubst du an Wiedergeburt?“, fragte er mich.

„Ja, ich habe mich damit beschäftigt. Ich glaube, dass die Seele unsterblich ist. Immer wieder nimmt sie menschliche Gestalt an. In ganz unterschiedlichen Zeiten und Welten. Immer wieder stirbt die menschliche Hülle und die Seele erholt sich im Sommerland, bis sie stark genug für eine Wiedergeburt ist."

„Und wird das immer so weitergehen, Tod und Wiedergeburt, Tod und Wiedergeburt, immer so weiter?"

„Nein, irgendwann wird die Seele den Kreislauf von Leben und Tod verlassen. Wenn sie erleuchtet genug ist, um in die nächste Ebene aufzusteigen."

Martin schwieg eine Zeitlang.

„Kannst du dich an ein früheres Leben erinnern?", nahm er schließlich den Faden wieder auf. Ich überlegte. „Nicht bewusst. Aber es gibt eine Frau, die mir immer wieder begegnet. Sie trägt ein altertümliches Kleid und hat die Haare unter einem Tuch verborgen."

„Träumst du von dieser Frau?"

„Ja, ich sehe sie im Traum. Aber manchmal ist sie mir auch am Tag seltsam nah. Ich spüre sie. Spüre ihre Nähe."

„Wann geschieht so etwas?"

„Ich kann es nicht wirklich zuordnen. Ich bin manchmal an Orten, die mir völlig fremd sind und doch kenne ich sie. Ich laufe über eine Wiese, weiß, wo sie endet, wohin der Weg führt, obwohl ich niemals zuvor dort gewesen bin. Ich kann plötzlich Kräuter mit ihrem Namen benennen, die ich nie gekannt habe."

„Und die Frau aus deinen Träumen?"

„Sie ist mir dann ganz nah!"

Kapitel 11

Die Wolken hingen tief am Himmel über Birstein, an diesem 8. Mai des Jahres 1597.

Graf Reinhard von Isenburg-Birstein hatte die Hände auf dem Rücken verschränkt und ging ungeduldig auf und ab.

Zusammen mit seinem Hofprediger befand er sich vor der Kirche, die er im letzten Jahr für Praetorius ausbauen ließ.

„Anton, du kannst dich nicht dagegen wehren. Ich habe dich zum Mitglied des Gerichts berufen und damit basta. Es ist mein Wunsch, dass du über diese Frauen zu Gericht sitzt."

Anton Praetorius schüttelte bekümmert den Kopf.

„Herr Graf, sie sollten einen anderen Bürger der Stadt mit dieser Ehre auszeichnen. Ihr Ansinnen ist für mich unmöglich."

„Aber du hast doch am eigenen Leibe zu spüren bekommen, was dieses Hexengeschmeiß anrichtet. Du hast erlebt, wie deine Anna an der Pest zu Grunde ging!"

„Es ist allein Gottes Aufgabe, Annas Tod zu rächen. Die christliche Obrigkeit sollte auf sein Urteil vertrauen."

„Praetorius, du wirst morgen zum Verhör der beschuldigten Frauen erscheinen. Ich befehle es dir."

Der Graf entfernte sich mit energischen Schritten. Die Kritik seines Hofpredigers an den Hexengerichten war ihm schon lange ein Dorn im Auge.

Dabei hatte er längst keine andere Wahl mehr, als die beschuldigten Frauen anzuklagen. Viel zu laut und zu heftig waren die Rufe der braven Bürger im benachbarten Rinderbügen, die unter Pestepidemien, Missernten und Hungersnöten litten. Ganz gewiss hatten die vier Frauen einen Pakt mit dem Teufel geschlossen.

Und nun musste man sie dazu bringen, ein Geständnis abzulegen.

Seit Tagen waren die vier im Hexenturm eingesperrt. Dort drängten die Wächter auf ein Geständnis der Frauen. Doch die Hexenbrut blieb hart. Durch nichts waren sie zu bewegen, ihre Hexerei und die Mitgliedschaft in der Teufelssekte zuzugeben.

„Dabei sind die Indizien untrüglich“, berichteten die Wächter dem Grafen.

Bei Agnes, der Frau des Schmieds, wurde ein Hexenmal am Hals entdeckt, nachdem man ihr die Haare abgeschnitten hatte. Anna hatte nicht geblutet, als man ihr eine Nadel in die Brust gestoßen hatte. Margreth war so leicht, dass die Wächter ständig Angst hatten, dass sie auf einem Besen durch das Fenster des Hexenturms entkommen könnte.

Woher die Wächter wussten, dass Katharina ein Hexenschürzchen hatte, wollte der Graf nicht so genau wissen. Auf jeden Fall waren die vier Frauen Hexen, da gab es keinen Zweifel.

Und sie würden vor dem Hexengericht ein Geständnis ablegen, auch daran zweifelte der Graf nicht. Denn nur dann war es nach der kaiserlichen

Halsgerichtsordnung möglich, sie auf den Scheiterhaufen zu bringen ...

„Ich werde es nicht tun!“, Antons Stimme bebte, als er mit seiner Frau abends sein Essen einnahm. Sibylle versuchte, ihren Mann zu beruhigen.

„Vielleicht stellt sich ja ihre Unschuld heraus und sie werden freigesprochen.“

„Pah!“, Anton sprang erregt auf. „Das wäre das erste Mal, dass ein Mensch, der der Zauberei und Hexerei beschuldigt wird, mit dem Leben davon kommt. Die meisten sterben schon vorher. Ohne Urteil und ohne Recht, noch ehe sie für schuldig befunden werden, bringen die Verhöre sie um. So sieht es aus, Sibylle.“

Anton wusste, dass Sibylle es hasste, wenn er so laut wurde.

Als Tochter des Pfarrers Hermann Pistorius war sie behütet in Muschenheim aufgewachsen. Ihre Reinheit und ihre kindliche Unschuld hatten Anton am Anfang ihrer Liebe entzückt. Doch nun brachte ihre Naivität ihn zur Weißglut.

„Du kannst dich dem Grafen nicht widersetzen“, begann Sibylle nun wieder. „Bitte überleg, was du tust, Anton. Du wirst dein Amt verlieren, wenn du den Grafen verärgerst. Und vielleicht kannst du als Mitglied des Gerichts mehr für die Frauen aus Rinderbügen tun, als du glaubst. Wenn ein anderer deine Stelle in dem Hexenprozess einnimmt, sind die Frauen eh verloren. Du hast es doch selbst gesagt, eben noch. Sie überleben die Folter nicht. Aber wenn du dabei bist, kannst du dich für sie einsetzen. Nur dann hast du Macht, Anton."

Anton sah seine junge Frau lange an. Nein, so naiv, wie er dachte, war sie wohl gar nicht. Im Gegenteil, plötzlich schien sie ihm listig und klug zu sein. Doch würde er das schaffen? Würde er die Kraft haben, den peinlichen Verhören beizuwohnen?

Vielleicht war aber genau das der Wille Christi. Vergebung hatte Christus gepredigt. Und Paulus hatte gesagt: „Wir sind nicht unter dem Gesetz, sondern unter der Gnade."

Gedankenverloren ging Anton zur Tür. „Wo gehst du hin?", rief seine Frau ihm nach.

„Zum Grafen, Sibylle. Ich werde ihm meine Einwilligung zur Berufung in das Hexengericht überbringen."

„So ist es gut, Anton", antwortete Sibylle, obwohl sie wusste, dass ihr Mann sie schon nicht mehr hören konnte.

Die Schreie der Frau klangen immer noch in Antons Ohren.

Ein Schütteln ging durch seinen Körper.

„Ihr solltet euch einen wärmeren Mantel anziehen, Praetorius", wandte sich Graf Reinhard von Isenburg-Birstein an seinen Hofprediger.

Doch der schüttelte nur den Kopf.

Neben dem Grafen und ihm gehörten noch ein Geistlicher aus Rinderbügen, dem Ort, aus dem die Angeklagten stammten, und ein Richter aus Birstein dem Hexengericht an.

Die Wächter und der Scharfrichter sorgten dafür, dass die angeklagten Frauen die Fragen des hohen Gerichtes richtig verstanden und wahrheitsgemäß beantworteten.

Gestern wollte man alle vier gleichzeitig verhören. Doch der Geistliche aus Rinderbügen hatte dagegen Einspruch erhoben. Er befürchtete, dass die Angeklagten sich während der Verhöre untereinander verständigten und durch teuflischen Zauber Informationen austauschen könnten.

So hatte man nur eine Frau vor das Tribunal geschleppt.

Agnes, die Frau des Kleinschmieds aus Rinderbügen, war angeklagt, auf dem Hexentanzplatz von Büdingen am Kesslertanz teilgenommen zu haben.

„Krankheit und Verderben bringt ihr ins Land“, schrie der Richter Agnes an.

„Ihr seid mit dem Teufel im Bunde. Durch Zauberei und Hexerei sterben Mensch und Vieh. Die Kälte breitet sich aus. Pest und Cholera wüten in der Stadt. Durch eure Schuld geschieht all das. Es ist Teufelswerk, ihr seid Teufelswerk ...“

Der Richter hatte sich so in Rage geredet, dass er erschöpft auf den Stuhl sank.

Die Wächter hatten Agnes einen eisernen Rosenkranz um den Hals gehängt, den sie stundenlang tragen musste, bis sein Gewicht die scharfen Zacken in das Fleisch ihres Nackens bohren ließ.

„Gibst du zu, den Hexensabbat veranstaltet zu haben?“, fragte der Richter aus Birstein, doch Agnes schüttelte den Kopf.

Heute sollte eigentlich eine andere Angeklagte verhört werden, doch am Morgen fanden die Wächter die zwei Bauersfrauen aus Rinderbügen tot in ihrer Zelle. Sie hatten sich erhängt. Der Richter ordnete an, dass Katharina, die Frau des Apothekers Lips Hoffmann zunächst nicht verhört werden sollte. Den Grund dafür kannte bisher noch niemand.

Anton Praetorius sah, dass Agnes nicht mehr laufen konnte, als sie heute den Herren des Gerichts vorgeführt wurde. Als er ihre verstümmelten Daumen erblickte, wusste er, dass die Folterer in der vergangenen Nacht auch nach der offiziellen Befragung noch am Werke gewesen waren. Mit Daumenschrauben hatten sie Agnes Hände bearbeitet und sicherlich waren auch die Knieschrauben im Einsatz gewesen.

„Hast du uns etwas zu sagen, Agnes?“ Die Stimme des Grafen klang freundlich, doch als Agnes sofort wieder heftig mit dem Kopf schüttelte, versteinerte sich das Gesicht des hohen Herrn. Er gab den Wächtern ein kurzes Handzeichen, die sich daraufhin auf Agnes stürzten. Sie rissen ihr die Kleider vom Leib, bis sie völlig nackt da stand. Anschließend wurde sie an Armen und Beinen gefesselt, um ihren Leib legte man einen ledernen Gürtel, an dem ein Karabinerhaken mit einem Seil befestigt wurde. Mit Hilfe einer Seilwinde wurde Agnes nun nach oben gezogen. Anton sah die Angst in ihren Augen und senkte den Kopf. Die Wächter setzen jetzt eine hölzerne Pyramide auf den Boden, die eine lange schmale Spitze hatte.

Einer der Helfer ließ nun mit einem Ruck das Seil, das Agnes oben hielt, herunter gleiten und der Unterleib der Frau krachte mit Wucht auf die hölzerne Spitze.

Agnes' Schrei hallte immer noch im Raum wider, als Graf Reinhard brüllte:

„Gestehe deine Missetaten, du Hexe."

Doch bevor Agnes, die halb ohnmächtig auf der Pyramide saß, auch nur ein Zeichen geben konnte, zog der Wächter sie schon wieder hoch und ließ sie ein zweites Mal in die Holzspitze sausen.

Agnes Blut spritzte so stark, dass der Richter aus Birstein sich mit einem Tuch das Gesicht abwischen musste.

Anton schluckte. Er wollte etwas sagen, aber seine Stimme gehorchte ihm nicht.

Erst als er sah, dass der Peiniger ein drittes Mal das Seil anziehen wollte, sprang er auf und schlug dem Mann mit der Faust ins Gesicht. „Hört auf, ihr Teufel. Hört auf mit der Quälerei, ich verbiete es euch im Namen Christi."

„Aber Anton", griff Graf Reinhard ein „die braven Männer hier handeln nur nach dem Hexenhammer, dem Standardwerk der Theologie zur Bestrafung von Hexen."

„Herr Graf, seht ihr denn nicht, dass die Folter die Mutter vieler großer Lügen ist, dass sie die Menschen am Leibe beschädigt, dass sie unmenschlich und tyrannisch ist, dass ihr die Teufel seid und nicht die armen Geschöpfe dort?"

Anton wusste, dass er sich mit seinen Worten um Kopf und Kragen redete. Doch es war ihm egal. Dieses Unrecht durfte er nicht in seiner Gegenwart geschehen lassen.

Zu Antons Erstaunen hob Graf Reinhard von Isenburg-Birstein die Hand und befahl den Wächtern, die Folter zu beenden.

„Bringt sie zurück ins Verließ. Lasst sie morgen frei, die anderen auch."

„Zwei von denen hat der Teufel schon geholt, Herr Graf. Und wenn sie mich fragen, hat er damit wohl getan."

Der Graf würdigte Anton keines Blickes mehr, als er den Hexenturm verließ.

„Lasst mich allein mit ihr." Antons Stimme hatte einen gefährlichen Klang, sodass die Wächter es nicht wagten, zu widersprechen.

Sie warfen das zerlumpte Bündel, dass einmal ein Mensch gewesen war, achtlos in eine Ecke des Verlieses. Nur notdürftig hatten sie ihr zuvor die Kleider wieder angezogen. Willenlos, zeitweise ohnmächtig ließ sie alles mit sich geschehen.

Als die Wächter gegangen waren, trat Anton näher an die Frau heran.

„Kannst du mich hören, Agnes?" Er flüsterte nur. Die Frau nickte.

„Du bist frei, hast du das begriffen? Morgen früh kannst du gehen."

Gleich darauf schämte sich Anton seiner Worte. Er wusste nur zu genau, dass diese Frau nicht gehen könnte, morgen nicht und auch übermorgen nicht.

„Ich schicke dir meine Frau Sibylle. Sie kann dich verbinden, deine Wunden, du blutest ja so stark."

Agnes nickte matt. Anton blickte in ihr Gesicht, die schmerzverzerrten Züge versuchten ein Lächeln.

„Ich kenne dich, warst du früher die Magd von Richter Bodde in Kamen?"

Agnes nickte.

„Warum bist du fort gegangen aus Kamen?"

Agnes Lippen formten ein Wort, es war kaum zu hören.

„Hexe? Sie hielten dich für eine Hexe? Ja, ich weiß, Agnes. Meine Frau Maria hat das auch geglaubt. Doch ich glaube es nicht. Du bist keine Hexe. Aber du bist sehr schön, deshalb haben die Menschen Angst vor dir."

Noch einmal nickte Agnes, dann fiel sie wieder in Ohnmacht.

Anton verließ den Turm. Er wusste, dass er heute einen Sieg über den Wahnsinn der Hexenverfolgung errungen hatte. Aber er konnte sich nicht darüber freuen.

Kapitel 12

Eine leichte Briese kräuselte die Wasseroberfläche des kleinen Sees. Der Himmel hatte eine blass-blaue Färbung, nur weit hinten am Horizont waren einige weiße Wolkenschlieren zu sehen, die fast transparent wirkten. Hin und wieder flogen ein paar Schwalben über die Baumwipfel, stürzten sich dann im Zick-Zack-Flug zum Wasser herunter, das sie kaum berührten, wenn sie sich sofort wieder im steilen Kurs in die Lüfte schwangen.

Ich dachte an Martin, was er wohl gerade machte und auch daran, warum er nicht hier sein konnte.

Dieser kleine See war wie geschaffen für ein Liebespaar. Aber ich saß allein hier, an diesem romantischen Plätzchen, allein mit meinen Sehnsüchten, allein mit meinen Gefühlen.

„Du wusstest von Anfang an, dass er verheiratet ist, also beschwer dich nicht."

Meine innere Stimme appellierte an meine Vernunft, aber ich hörte nicht hin.

Das Selbstmitleid hatte mich gepackt, ich fand alles so ungerecht. Warum hatte ich immer nur Pech mit den Männern?

Warum konnte mir nicht endlich der eine begegnen, der mich liebte, mich nicht betrog und der frei für mich war? Ich kramte umständlich in meiner Tasche herum, um ein Taschentuch herauszuholen. Heulen tat manchmal gut und dieser Sommertag an diesem See war einfach zum Heulen.

„Vielleicht hätte ich bei Jochen bleiben sollen!"

Der weiße Schwan, der mit stolzer Eleganz langsam auf mich zu geschwommen kam, sah mich verständnislos an. Er war wohl mehr an einem Stück Brot interessiert als an einer tränenerstickten Beichte über meine Ex-Männer.

„Nein!“, schrie ich den Schwan an, der daraufhin sofort beleidigt eine Kehrtwende machte und auf ein Pärchen an der anderen Seite der Bucht zupaddelte.

„Nein, die Ehe mit Jochen war unerträglich geworden. Ich hätte mich zu Tode gelangweilt.“

Die beiden gegenüber hatten wohl jetzt etwas von meinen Selbstgesprächen mitbekommen, denn sie starrten mich mit offenem Mund an.

Trotz meiner Weltuntergangsstimmung musste ich lachen. Dass das Leid anderer immer so interessant für Fremde war!

Ich beschloss, meine Vergangenheitsbewältigung lautlos fortzusetzen und legte mich flach auf meine Decke.

Die beiden Neugierigen verloren daraufhin schnell ihr Interesse an mir und begannen wieder, ungeniert zu knutschen.

Nach Jochen war Dirk in mein Leben getreten. Der bloße Gedanke an ihn beschleunigte meinen Puls.

Er war meine ganz große Liebe, zweifelsohne. Ausgerechnet dieser Hallodri!

Hätte ich bei ihm bleiben sollen?

Vielleicht wäre er nach der Sache mit Angelika geheilt gewesen? Wäre endlich treu geworden?

Vielleicht hätte ich ihm noch eine letzte Chance geben sollen?

Stattdessen war ich geflüchtet. Geflüchtet vor seinen Kränkungen, aber auch vor meinen eigenen Verzweiflungstaten, die mir längst nicht mehr geheuer waren. Welche Fähigkeiten ich noch entwickeln würde, wenn ich rasend vor Eifersucht war, wollte ich lieber nicht ausprobieren.

Nach der Sache mit Dirk war ich sehr lange allein geblieben. Abgesehen von einigen harmlosen One-Night-Stands führte ich das Leben eines Singles.

Doch dann war wieder die Angst gekommen.

„Geht das bis an mein Lebensende so weiter?", fragte ich mich und war wild entschlossen, mein Leben zu ändern.

Hatte ich die Begegnung mit Martin wirklich nur dem Hokuspokus von Helga zu verdanken?

Manchmal war ich fest davon überzeugt, aber häufig kamen mir auch Zweifel.

Zumindest war der Zauber nicht so perfekt gelaufen, wie ich ihn mir vorgestellt hatte.

Seit fünf Jahren wartete ich nun schon darauf, dass der erste Schritt zum Erfolg des Rituals, nämlich mein Zusammentreffen mit Martin, in einen Dauererfolg mündete. Wie schön wäre es, seine Ehefrau und nicht nur seine Geliebte zu sein.

Aber Martin war mit einer anderen verheiratet, das Wochenende gehörte der Familie. Darum saß ich hier allein an diesem See und sah zu, wie ein Liebespärchen am anderen Ufer sich küsste. Ungerechte Welt!

Wahrscheinlich war Helga eine ganz miserable Hexe. Oder auch ich. Auf jeden Fall war etwas schief gelaufen. Ich wollte einen Mann, aber doch nicht einen, an dem noch eine ganze Familie dranhing.

Es störte mich zu keiner Zeit, dass Martin einige Jahre jünger war als ich. Andererseits, Männer, die im Alter besser zu mir passten, waren vielleicht schon nicht mehr gebunden.

Man hätte das Ritual mehr auf Geschiedene oder Verwitwete ausrichten müssen. Aber das hätte Helga doch wissen müssen, dachte ich empört, froh darüber, endlich jemanden gefunden zu haben, der an meinem Unglück Schuld war.

Gedankenverloren starrte ich auf den See. In der Mitte glitzerte das Wasser geheimnisvoll dunkel, fast schwarz. Er musste sehr tief an dieser Stelle sein, der See. Meine Augen fixierten ein Bild auf der Wasseroberfläche, das die Wellen erzeugten.

Und plötzlich tauchte aus diesem Bild ein Gedanke auf, der sich sofort in meinem Kopf festsetzte.

„Vielleicht kannst du sie fort zaubern!"

So, wie damals die Gespielinnen von Dirk in Frederikensiel.

Doch ich wusste sofort, dass es diesmal viel schwerer sein würde.

Eine Urlaubsbekanntschaft ohne emotionale Bindung verschwinden zu lassen, war viel einfacher, als eine Ehefrau mit zwei Kindern loszuwerden.

Natürlich wollte ich sie nicht umbringen. Ich war ja keine Hexe aus dem finsteren Mittelalter, sondern eine moderne Frau mit magischen Fähigkeiten.

Nein, ich würde anders vorgehen.

Martin würde sich niemals scheiden lassen, dazu war er viel zu feige!

Aber wenn es nun so wäre, dass sie sich in einen Anderen verlieben würde?

Martins Eitelkeit wäre gekränkt, mit fliegenden Fahnen würde er in meine Arme stürmen!!

Natürlich bekäme er ein Besuchsrecht für die Kinder.

Schon sah ich uns zusammen an diesem See sitzen, die Kinder planschten im Wasser, während Martin mir zärtlich den Rücken mit Sonnencreme einrieb.

Alle würden glücklich sein, Martin und ich, die Kinder, Martins Frau mit ihrem Geliebten. Keinem hätte ich geschadet!

Ich hatte es plötzlich sehr eilig, nach Hause zu kommen. Ich musste Helgas Telefonnummer suchen!

Kapitel 13

„Anton, er wird dich der Teufelsbuhle bezichtigen! Du wirst auf dem Scheiterhaufen enden, wie die Hexen auch."

Sibylle war außer sich. Die Angst um ihren Mann brachte sie fast um den Verstand.

„Die Folter ist unmenschlich, Sibylle. Ich konnte das nicht mit ansehen. Ich musste der Frau helfen."

„Aber der Graf tobt, Anton. Wie konntest du dich vor dem Gericht so aufführen? Und der Frau hast du auch nicht geholfen. Sie ist heute morgen gestorben."

„Woher weißt du das, Sibylle?"

„Du hast mich doch selbst zum Hexenturm geschickt. Das ganze Dorf spricht darüber. Und alle sagen, sie war eine Hexe. Und du hast ihr geholfen."

Sibylle fing an zu weinen, und Anton nahm sie in den Arm. Er spürte, dass sie am ganzen Leib zitterte.

„Hab keine Angst, Sibylle. Der Graf wird es nicht wagen, mir etwas anzutun. Ich werde ihm alles erklären."

„Was gibt es da zu erklären, Anton? Du hast einer Hexe geholfen, du hast geschrieen und gezetert, als sie verhört wurde. Der Graf wird sein Gesicht verlieren, wenn er dich gehen lässt."

Anton merkte, dass seine Frau ihn mit ihrer Angst ansteckte. Doch immer noch war er davon überzeugt, das Richtige getan zu haben. Selbst wenn es stimmte, dass Agnes gestorben war und seine ganze Intervention umsonst war, er hatte nicht anders handeln können.

„Lass uns fortgehen, Anton. So schnell wie möglich. Vielleicht gelingt es uns, zu fliehen, bevor der Graf dich verhaften lässt."

„Auf keinen Fall, Sibylle." Anton war entrüstet.

„Ich werde nicht wie ein Feigling vor dem Grafen davonlaufen. Ich werde mit ihm reden. Er muss einsehen, dass diese Hexenprozesse ein Werk des Teufels sind. Die armen Frauen sind unschuldig, ihre Richter sind die Gefährten des Teufels."

„Wenn du das dem Grafen sagst, werden wir beide umkommen."

Sibylle taumelte gegen den Türpfosten.

Als Anton seine Jacke vom Haken riss und den Raum verließ, sackte Sibylle in sich zusammen.

Graf Reinhard von Isenberg-Birstein hatte die Hände hinter dem Rücken verschränkt.

„Wie konntest du dich so aufführen, Anton? Du hast sie gekannt, du wusstest, dass sie eine Hexe ist."

Anton spürte, wie sein Gesicht zu brennen begann. Dieser Mann wollte es einfach nicht verstehen. Agnes war keine Hexe, genauso wenig, wie all die anderen unschuldigen Frauen. Sie waren Opfer eines fatalen Irrglaubens der christlichen Lehre.

„Herr Graf, lest doch selbst in der Bibel nach. Haft und Folter widersprechen dem Evangelium. Ihr schändet die Ehre Gottes."

„Genug, Anton." Der Graf erhob seine Hand und schnitt Anton jedes weitere Wort ab.

„Nur, weil du selbst unter den Taten der unseligen Hexe so leiden musstest, werde ich dich nicht anklagen. Ich kann nur glauben, dass der Schmerz um deine toten Frauen und die ungeborenen Kinder dir den Verstand genommen hat. Aber als meinen Hofprediger will ich dich nicht mehr hier haben. Nimm Frau und Kind und geh fort, Anton. Geh weit fort."

Die Stimme des Grafen klang müde, er drehte sich zur Wand und schaute nicht mehr auf, als Anton den Raum verließ.

Die Worte des Grafen klangen in seinem Kopf, als Anton auf die Strasse trat. Glaubte der Graf wirklich daran, dass die arme Agnes Schuld an seinem Unglück war?

Schuld an Marias Fehlgeburten, an ihrem Tod? Schuld an Annas Tod, Schuld an Hildegundes Tod? Warum hätte Agnes ihm das antun sollen? Aus reiner Boshaftigkeit? Weil sie eine Hexe war?

Anton schüttelte den Kopf. Das konnte er nicht glauben.

Doch was glaubte er dann? War all das Unglück eine Prüfung Gottes?

Gar eine Strafe? Doch wofür wollte Gott ihn strafen?

„Weil du zulässt, dass diese Dinge vor deinen Augen geschehen", sagte er zu sich selbst.

„Du musst dich mehr einsetzen für sie. Die Hexenverfolgungen müssen ein Ende haben."

Gleichzeitig aber wurde Anton klar, wie sehr er sich, Sibylle und seinen Sohn in Gefahr bringen würde. Noch einmal würde er nicht so glimpflich davon kommen. Er musste vorsichtig sein. Wenn er weiter gegen Hexenverfolgung und Folter ankämpfen wollte, durfte er sich nicht dabei erwischen lassen.

„Ein Buch werde ich schreiben." Der Gedanke gefiel ihm gut. Ein Buch, das abrechnet mit den Richtern, den Folterknechten, den Peinigern. Ein Buch, das ihnen zeigte, dass sie dem Urteil Gottes nicht entrinnen konnten.

Doch nicht unter seinem Namen, sondern unter einem Pseudonym würde er dieses Buch veröffentlichen.

Wie eine Befreiung empfand Anton diesen Entschluss. Zuhause angekommen nahm er Sibylle in die Arme.

„Wir müssen packen, Sibylle. Sag Johannes Bescheid, wir gehen fort."

Sibylle war erleichtert, dass Anton zurückgekehrt war. In ihrer Angst hatte sie ihn längst im Kerker gesehen.

Sie würde mit ihm gehen, wohin er auch wollte.

„Wird der Graf uns nicht verfolgen lassen, Anton?"

„Nein, Sibylle, er lässt uns gehen. Er sagt, wir sind gestraft genug."

Kapitel 14

„Dieser Anschluss ist vorübergehend nicht erreichbar."

Zum zehnten oder elften Mal erhielt ich die Auskunft von der elektronischen Stimme.

Ich legte den Hörer wieder auf und starrte den Zettel mit meiner Handschrift an.

Las ich irgendeine Zahl falsch? Der Zettel hatte lange Zeit im Seitenfach meiner Handtasche gesteckt. Er war zerknickt, die Schrift schon etwas verblasst, aber immer noch gut lesbar.

„Helga Brüggemann, Prüm (Eifel) 06551 3264"

Ich versuchte es noch einmal, doch die Auskunft blieb gleich.

Entweder war Helga weggezogen oder sie hatte ihre Telefonrechnung nicht bezahlt oder in der Stadt Prüm gab es ein technisches Problem bei der Telekom.

Seit drei Tagen versuchte ich nun, Helga telefonisch zu erreichen.

„Fahr hin", schoss es mir durch den Kopf und der Gedanke hatte sofort etwas Verlockendes für mich. An meinen ersten Besuch bei Helga vor fast fünf Jahren erinnerte ich mich gern. Prüm war ein schönes Städtchen, die Eifel gefiel mir.

Ich musste mir nur etwas ausdenken, wie ich diese Reise Martin erklären konnte. Zum Glück fand ich im Internet ein Fachseminar über neue Software für Steuerberater, ganz in der Nähe von Prüm. Martin war schnell davon zu überzeugen, wie wichtig es war, an diesem Seminar teilzunehmen.

„Ich kann aber unmöglich hier weg, Regina. Du weißt, dass ich zwei große Bilanzen in Arbeit habe.“

„Was hältst du davon, wenn ich mir das erst einmal allein anhöre? Ich werde dir dann berichten und wenn du willst, können wir ein späteres Seminar zusammen besuchen.“

Martin war sofort einverstanden. Vielleicht war er auch froh, mich für ein paar Tage los zu sein. Denn der Spagat zwischen Familie und Geliebten wurde für Martin immer schwieriger, das hatte ich bemerkt.

Und wieder begrüßte die Stadt Prüm mich mit Sonnenschein. Ich brauchte eine Weile, bis ich mich zurechtfand. Leider hatte ich nur Helgas Telefonnummer, nicht aber ihre Adresse, notiert. Aber jetzt, wo ich die Strassen des Städtchens vor mir sah, wusste ich schnell wieder, wo Helga wohnte.

Ich war mir ganz sicher, vor dem richtigen Haus zu stehen, als ich vergeblich den Namen „Helga Brüggemann“ auf den Schildern neben den Klingeln suchte.

Unten rechts hatte ihre Wohnung gelegen, erinnerte ich mich und so drückte ich einfach auf die unterste Klingel.

„Ja, bitte?“, ertönte eine Stimme aus der Sprechanlage und ich erkannte sofort, dass es nicht Helga war.

„Ich möchte gern zu Frau Helga Brüggemann“, antwortete ich und hoffte, gleich darauf das Surren des Türöffners zu hören. Doch es tat sich nichts.

„Sind sie noch da?“, fragte ich verunsichert, als nur noch das Rauschen der Sprechanlage zu hören war.

„Wohnt Frau Brüggemann nicht mehr hier, können sie mir ihre neue Anschrift sagen?“

Wieder keine Antwort.

„Hören sie, es ist sehr wichtig für mich. Ich muss Frau Brüggemann unbedingt sprechen. Können sie mir wirklich nicht helfen?“

Statt einer Antwort summte plötzlich der Türöffner. Schnell stemmte ich mich gegen die Haustür, die sich quietschend öffnete.

Vor mir stand eine junge blonde Frau in Leggins und einem ausgeleierten T-Shirt.

Ich stellte mich vor und fragte erneut nach Helgas Anschrift.

„Ich soll keine Auskunft geben. Seien sie mir nicht böse, aber meine Vormieterin hat das so gewollt. Sie hatte wohl ziemlichen Ärger hier.“

So schnell wollte ich nicht aufgeben.

„Kann ich vielleicht reinkommen?“, fragte ich die junge Frau.

„Lieber nicht, ich habe nicht aufgeräumt. Außerdem kann ich ihnen wirklich nicht helfen. Tut mir Leid.“

„Ich mache ihnen einen Vorschlag. Sie haben doch bestimmt die neue Telefon-Nummer von Frau Brüggemann. Rufen Sie doch dort an und sagen Sie ihr, dass Regina Mohl sie treffen möchte. Entweder sie erlaubt ihnen, ihre neue Anschrift an mich weiterzugeben oder sie sagt ihnen, dass ich verschwinden soll. Und das tue ich dann auch.“

Einen Augenblick schien die blonde Frau zu überlegen, dann sagte sie: „Na, gut, mache ich“, und knallte die Tür zu.

Als sie nach zehn Minuten immer noch nicht zurückgekehrt war, drückte ich erneut auf die Klingel. In der Wohnung vernahm ich ein unwilliges „ich komme ja schon“, dann wurde die Tür geöffnet. Wortlos streckte die junge Frau mir einen Zettel hin.

Als ich erfreut „Danke“ rief, hatte sie die Tür schon wieder zugemacht.

Ich lief zurück auf die Hauptstraße und hielt Ausschau nach einem Taxi.

Zum Glück ließ das nicht lange auf sich warten und ich hielt dem Taxifahrer den Zettel unter die Nase.

„Können sie mich dort hinbringen?“

„Niederlauch“, las er ab „ja, das ist etwas außerhalb der Stadt, oben am alten Pestkreuz. Steigen sie ein“, antwortete er und öffnete mir von innen die Tür.

Die Fahrt dauerte länger, als ich erwartet hatte und ich fragte mich, warum Helga so weit aus der Stadt hinausgezogen war.

Schließlich waren wir angekommen. Ich stieg aus, bezahlte das Taxi und bedankte mich bei dem Fahrer. Er winkte, als er gleich darauf weiterfuhr.

An dem alten, verfallenen Haus konnte ich kein Namensschild entdecken, nicht einmal eine Hausnummer. Ich klingelte und bemerkte kurz darauf ein Gesicht hinter der vergilbten Gardine.

Dann öffnete sich die Tür. „Regina, schön dich zu sehen.“

Helga nahm mich in den Arm, doch ich war so erschrocken, dass ich kein Wort herausbrachte.

Was war mit Helga geschehen? Ihre schönen roten Haare waren stumpf und ungekämmt, ein deutlicher grauer Haaransatz zog sich über den ganzen Kopf und umrahmte die Schläfen. Ihr Gesicht war fahl, die Augen glanzlos. Sie schien viel kleiner zu sein, als bei unserer ersten Begegnung. Ihre Füße steckten in alten Filzpantoffeln, ihr Kleid war von undefinierbarer Farbe und hing wie ein Sack an ihrem Körper.

„Bist du krank, Helga?“, fragte ich leise.

Sie nickte mit dem Kopf. „Ja, meine Seele ist krank, Regina. Sie haben mich krank gemacht. Aber komm erst einmal herein, ich erzähle dir alles.“

Helga zog mich in das kleine Häuschen und ich schaute mich um.

Ich stellte fest, dass Helga ihre alten Möbel mitgenommen hatte. Mehr noch, sie hatte das kleine Häuschen liebevoll eingerichtet, ganz anders, als ich es nach ihrem Anblick erwartet hatte.

„Hübsch hast du es hier“, sagte ich und nickte Helga zu.

„Ja, ich habe versucht, etwas Atmosphäre hineinzubringen. Und an meinem Äußeren werde ich auch wieder arbeiten, aber im Augenblick fehlt mir noch die Kraft dazu.“

„Was ist geschehen, Helga?“, fragte ich.

Helga seufzte tief. „Zu mir kam eine Frau, die von ihrem Mann betrogen wurde. Sie bat mich um Hilfe. Ich habe ein Ritual mit ihr gemacht und es schien zunächst auch zu wirken. Ihr Mann trennte sich von seiner Geliebten und sie erzählte überall herum, dass ich ihr geholfen habe."

Helga stockte.

„Und dann, was geschah dann?"

„Ihr Mann betrog sie erneut. Wieder mit der gleichen Frau, sie war einmal ihre beste Freundin gewesen. Sie hat das nicht verkraften können und hat sich umgebracht."

„Und man hat dir die Schuld daran gegeben?"

„Ja, Regina. Die Menschen in Prüm beschimpften mich als Hexe. Sie warfen mir vor, mit der Geliebten des Mannes gemeinsame Sache gemacht zu haben. Sie behaupteten, ich hätte die unglückliche Ehefrau in den Tod getrieben."

„Aber das gibt es doch nicht, Helga. Nicht in unserer heutigen Zeit!"

„Oh doch, Regina. Du glaubst nicht, wozu Menschen fähig sind, auch heute noch."

Ich erfuhr, dass Helgas Fenster beschmiert wurden mit Wörtern wie Hexe, Hure, Geliebte des Satans und Mörderin. Unbekannte zerstachen die Reifen ihres Autos, zerkratzten den Lack an Autotüren und Kotflügel. Mehrmals wurde ihr Briefkasten aufgebrochen, die Post vernichtet. Das Telefonkabel wurde aus der Erde gerissen.

Die Anzeigen, die Helga bei der Polizei stellte, blieben unbearbeitet liegen. Das Verfahren wurde nach einiger Zeit mit dem Vermerk „Täter nicht zu ermitteln" eingestellt.

Die Hysterie, die die Angehörigen der betrogenen Ehefrau angezettelt hatten, erfasste den ganzen Ort.

In den Geschäften bediente man Helga nicht mehr. Beim Friseur, beim Arzt, selbst beim Anwalt war es ihr nicht mehr möglich, einen Termin zu bekommen. Sie wurde isoliert und verachtet. Die Leute bewachten ihr Haus, ließen keine Kunden mehr herein, störten Rituale und Hexensabbat.

Schließlich erklärte die Kommunalverwaltung Helgas Gewerbe für „sittenwidrig" und verbot ihr die Ausübung. In der darauf folgenden Nacht flogen Steine in die Fenster von Helgas Wohnung, einer davon war in einen brennenden Lumpen gehüllt.

Am nächsten Morgen verließ Helga das Haus und suchte zunächst Unterschlupf bei einer Freundin. Nach zwei Wochen hörte sie von dem leer stehenden Haus in Niederlauch.

Sie fand den Eigentümer heraus, sprach mit dem alten Mann und mietete sich hier ein.

„Ich glaube, ich komme allmählich wieder zur Ruhe. Der Eigentümer ist sehr nett. Er ist froh, dass sein Elternhaus wieder bewohnt ist. Und dass ich eine Hexe bin, stört ihn nicht. Er sagt, er sei zu alt, um noch verhext zu werden. Ich mag ihn sehr."

„Und die Bewohner von Prüm, Helga, lassen sie dich jetzt in Ruhe?"

„Ich hoffe es, Regina. Dass ich ausgezogen bin, haben sie als Sieg gefeiert. Wo ich jetzt wohne, ist bisher nicht durchgesickert. Der alte Lehmann hält dicht, soviel steht fest. Und zum Glück vergessen die Menschen schnell. Die Hexe ist weg, ihre Welt ist wieder in Ordnung."

„Und deine Nachmieterin? Sie weiß, wo du wohnst!“

„Jessica ist eine Nichte von mir. Die Tochter meiner jüngsten Schwester. Sie würde mich nie verraten.“

„Aber deinen Beruf kannst du nicht mehr ausüben. Sie haben es dir untersagt!“

„Ja, das stimmt. Aber ich brauche keinen Gewerbeschein, um Menschen zu helfen.

Ich gehöre der großen Wicca-Gemeinschaft an, von dort bekomme ich genug Kundschaft. Ich brauche weder Internet noch öffentliche Werbung. Und außerdem, du hast mich doch auch hier gefunden! Wie kann ich dir helfen, Regina?“

Kapitel 15

„Anton, wach auf!“
Sibylle schüttelte ihren Mann. Endlich schlug Anton die Augen auf und sah Sibylle an.

„Du jammerst und schreist im Schlaf. Die Träume quälen dich.“

Anton nickte, während er sich mit beiden Händen den Schweiß aus dem Gesicht rieb.

„Was weißt du über sie, Sibylle?“

„Über wen?“

„Du weißt genau, von wem ich rede, Weib!“ Anton war ärgerlich. Fast jede Nacht, seit sie in Laudenbach waren, peinigten ihn diese Träume und nun tat seine Frau so, als wisse sie nicht, was ihn quälte.

„Ich kannte sie kaum. Ich weiß nur, dass sie eine Hexe war.“

„Wenn du sie kaum kanntest, woher weißt du dann, dass sie eine Hexe war?“

„Alle in Rinderbügen haben das gewusst. Auch du, Anton. Sie hat auch dich und deine Familie verhext. All das Unglück, das dir widerfahren ist. Sie war es, Anton. Und nun quält sie dich noch aus dem Jenseits. Schickt dir diese schrecklichen Träume, die dich um den Schlaf bringen.“

Ächzend richtete Anton sich im Bett auf.

„Ich muss alles über sie erfahren, Sibylle. Wer sie war, woher sie kam, warum die Menschen sie für eine Hexe hielten. Erst wenn ich das alles weiß, werde ich wieder zur Ruhe kommen.“

Anton setzte sich an den großen Holztisch und schlug ein Buch auf.

„Unglaublich“, rief er aus. „In den Prozessakten steht nicht einmal, wo sie geboren wurde. Aber ich werde es herausfinden. Gleich morgen werde ich Richter Bodde aus Kamen einen Brief schreiben. Ich will alles über sie wissen, alles!“

Sibylle stöhnte auf. „Komm wieder ins Bett, Anton.“

Praetorius erhob sich und legte sich wieder zu seiner Frau.

Für den Rest der Nacht schlief er tief und fest.

Kapitel 16

Mächtig erhob sich der romanische Turm der St. Patrokli-Kirche in den nebligen Himmel über der Stadt Soest am Morgen des Michaelis-Tages des Jahres 1571.

Seitdem die Stadt nicht mehr zum Erzbistum Köln gehörte, schien ihr Niedergang unaufhörlich voranzuschreiten. Sie lag nicht mehr am Schnittpunkt wichtiger Handelswege, die Zugehörigkeit zum Herzogtum Kleve brachte keinen Reichtum.

Seit vierzig Jahren gehörte die Stadt mit den vielen umliegenden Dörfern dem evangelisch-lutherischen Glauben an. Nicht immer einfach, wenn man vom katholischen Erzbistum Köln umgeben war ...

Das ländliche Leben auf den Bauernhöfen außerhalb des Stadtkerns schien hiervon jedoch unberührt. Der Hof der Familie Eickhoff sicherte das Überleben der bäuerlichen Herrschaft ebenso wie das des Gesindes.

Elisabeth lag schon seit zwanzig Stunden in den Wehen. Ihr Gesicht war verzerrt, die Haare klebten an ihrer Stirn.

Albrecht Eickhoff hatte Berta kommen lassen, eine Hebamme aus Soest.

Sie hantierte mit Tüchern, Schüsseln mit dampfendem Wasser und Kräutertiegeln herum.

Doch der winzige Mensch in Elisabeths Leib wollte den Weg in die Welt hinaus nicht finden.

„Steißlage“, flüsterte Berta dem Hausherrn zu und zuckte mit den Schultern.

Elisabeths Wimmern war zum Steinerweichen und die resolute Hebamme fasste einen Entschluss.

„So geht's nicht weiter. Entweder steht der Herrgott uns jetzt bei oder es hat nicht sollen sein."

„Und ihr solltet vor der Tür warten, werter Herr." Mit diesen Worten drängte Berta den Hausherrn aus dem Raum und wies mit der Hand auf eine Bank im Flur, auf der ein junger Mann saß, der ungeduldig ein Tuch in seinen Händen zu einer Kordel verdrehte.

„Immer noch nichts?", fragte er, ohne seinen Herrn anzublicken.

Albrecht Eickhoff schüttelte den Kopf.

„Deine Frau hat es sehr schwer, Bernhard. Beten wir zu Gott, dass alles gut geht."

Währenddessen war Berta wieder zu Elisabeth geeilt. Sie setzte sich dicht vor die Gebärende und griff mit einer entschlossenen Bewegung tief in den Geburtskanal.

Elisabeth schrie, als Bertas Hand vorbei am Gesäß des Ungeborenen immer tiefer in die Gebärmutter eindrang, bis sie den Kopf erreicht hatte und ihn mit einer ruckartigen Bewegung zum Scheidenausgang drehte.

„Nicht ohnmächtig werden", schrie Berta, als sie sah, dass Elisabeths Pupillen nach oben wegrutschen wollten.

„Pressen, pressen", rief sie, während sie versuchte, den kleinen glitschigen Körper aus Elisabeth herauszuziehen.

Die Wehe quetschte Bertas Hand und sie spürte die verzweifelte Kraftanstrengung, mit der Elisabeth ihr Kind herauspresste.

Berta schrie auf vor Freude, als sie sah, dass das kleine Mädchen lebte. Schnell begann sie, Mund und Nase der Kleinen zu säubern. Sie hatte ihr Tun noch nicht beendet, als ein zorniger Schrei die Lungenbläschen des Kindes zum ersten Mal öffnete.

„Schau, Elisabeth, wie hübsch sie ist“, versuchte Berta die Schreie des Neugeborenen zu übertönen. Erst jetzt merkte sie, dass Elisabeth ohne Besinnung war und erschrak.

„Du bleibst bei deinem Kind, hast du verstanden? Glaub nicht, du könntest dich davon stehlen.“ Berta klatschte Elisabeth ein nasses Tuch ins Gesicht.

„Oh, es lebt und es schreit, oh Berta, ich danke dir.“

„Ja, ja schon gut“, brummte Berta, „nur nicht wieder ohnmächtig werden.“

Inzwischen hatte die Hebamme die Kleine gewaschen und gewickelt und ging damit zur Tür.

„Hier ist deine Tochter“, sagte sie zu Bernhard und drückte ihm das Bündel in die Arme.

„Ich muss mich um Elisabeth kümmern, sie ist sehr erschöpft.“

Immer noch machte die Hebamme sich Sorgen um die junge Mutter. Doch die Nachgeburt kam mit einer letzten Wehe vollständig heraus, die Blutungen wurden schwächer und das Gesicht der jungen Frau bekam wieder etwas Farbe.

„Du hast es geschafft, Elisabeth“, sagte Berta und strich mit der Hand über das erschöpfte Gesicht der Wöchnerin.

„Durch deine Hilfe, Berta. Ich werde dir ewig dankbar sein.“

„Gleich hole ich den Kindesvater herein, wenn du bereit bist.“

Elisabeth schüttelte heftig den Kopf.

„Hol Bernhard herein, Berta, bitte.“

„Den hab ich auch gemeint, du Dummerchen“, antwortete Berta und ging zur Tür.

Elisabeth war schon viele Jahre Magd auf dem großen Bauernhof der Familie Eickhoff. Sie wusste, dass das ungewöhnlich war. Das Gesinde wechselte eigentlich häufig die Dienststelle. Bei ihrem Dienstantritt hatte sie sich für ein Jahr verdungen, doch das war schon lange her. Sie war Teil der bäuerlichen Hausgemeinschaft geworden.

Ihre Herrschaft schätzte ihre Fähigkeiten, dass sie Kühe melken konnte, ein Feld pflügen, Hühner schlachten, Gänse rupfen aber auch Bohnen döppen, Grünkohl strippen, aus Rübchen, Pastinaken und Sauerampfer ein Mus zubereiten und vieles mehr.

Stillschweigend reihte sich so ein Dienstjahr an das andere und der Gesindestatus wurde zu Elisabeths Lebensschicksal.

Auch der Hausherr, Albrecht Eickhoff, mochte Elisabeth sehr. Niemals übte er sein Züchtigungsrecht aus und als er die Herrschaft über ihren Körper begehrte, fügte sie sich willig. Albrechts Ehefrau schaute beiseite, schien nichts zu bemerken. Vielleicht war sie aber auch froh, dass er auf dem Hof sein Vergnügen suchte und nicht in der Stadt, wo Krankheiten und Seuchen grassierten.

Erst als Elisabeth schwanger wurde, zeterte die Hausherrin und machte Albrecht die Hölle heiß. Doch der fand schnell einen Ausweg. Er wusste, dass Bernhard, sein Knecht, schon lange in Elisabeth verliebt war. Und so heiratete die Magd Elisabeth den Knecht Bernhard und beide lebten weiterhin auf dem Eickhoff-Gut.

Noch vor der Hochzeit hatte Elisabeth ihrem Bernhard gestanden, dass sie ein Kind erwartete.

„Vom Hausherrn?“, fragte er nur und sie nickte stumm.

„Macht nichts, ist dann halt mein Kind. Und das nächste ist aber wirklich von mir, versprichst du's?“

„Ja, Bernhard“, sagte Elisabeth leise, obwohl sie befürchtete, dass Albrecht sie wieder besuchen würde, sobald das Kind geboren war.

„In der Gesindeordnung steht, dass Knecht und Magd nicht heiraten dürfen“, sagte Bernhard zu Elisabeth.

„Wenn der Hausherr das erlaubt, dürfen sie's“, antwortete Elisabeth und Bernhard zuckte mit den Schultern.

Obwohl der Schritt ins Leben für Agnes sehr schwer war, wuchs die Kleine zu einem prächtigen Mädchen heran. Elisabeth und Bernhard bekamen eine eigene kleine Kammer von der Herrschaft zugewiesen, sie brauchten nicht mehr beim übrigen Gesinde zu schlafen. Albrecht war nie wieder zu Elisabeth gekommen und die kleine Familie lebte zufrieden in der ländlichen Gemeinschaft.

Elisabeth erzog Agnes liebevoll, aber streng. Schon früh musste sie alles lernen, was auch ihre Mutter konnte. Kochen, putzen, das Vieh versorgen, oft ging das über die Kräfte der kleinen Agnes. Bernhard betrachtete die Strenge seiner Frau mit Sorge.

„Ich finde, Agnes sollte lieber schreiben und rechnen lernen, als den Kuhstall auszumisten."

Elisabeth ließ den Besen, den sie gerade in der Hand hielt, fallen.

„Bist du verrückt, Bernhard? Das Gesinde darf doch so etwas nicht lernen."

„Aber sie ist doch etwas anderes, etwas Besseres, du weißt schon, was ich meine."

„Schluss damit, Bernhard. Ich will davon nie wieder etwas hören. Agnes ist die Tochter der Magd Elisabeth und des Knechts Bernhard. Und sonst nichts. Untersteh dich, so etwas auch nur zu denken."

Bernhard schlich betroffen davon. Noch nie hatte er Elisabeth so aufgebracht gesehen.

Es war eine schwüle Nacht im Hochsommer, als die kleine Agnes weinend zum Bett ihrer Eltern gelaufen kam.

„Mama", jammerte sie, „ich sehe immer grelles Licht, wenn ich die Augen zumache und es stinkt so schlimm. Ich habe Angst."

Elisabeth tröstete ihre Tochter, wollte sie zu sich ins Bett ziehen.

„Du hast nur geträumt, Agnes“, sagte sie leise und strich über das verschwitzte Gesichtchen. Doch Agnes wollte sich nicht beruhigen.

„Steh auf, Mama. Schau nach dem grellen Licht, es bringt Unheil.“

Schon wollte Elisabeth energisch für Ruhe sorgen, als sie selbst einen leichten Geruch wahrnahm. Sie stand auf, legte sich ein Tuch um und lief mit Agnes an der Hand auf den Hof hinaus. Jetzt sah sie in der Dunkelheit deutlich einen hellen Schein aus dem Küchenfenster des herrschaftlichen Hauses fallen.

„Mein Gott, es brennt“, stieß Elisabeth hervor, „Agnes lauf und hol deinen Vater. Sag ihm, dass es brennt im Herrenhaus.“

Elisabeth rannte zum Brunnen, um Wasser zu holen.

Sie hatte gerade einen Eimer gefüllt, als Bernhard mit zwei ledernen Feuereimern, aus denen das Wasser spritzte, an ihr vorbei ins Herrenhaus lief.

So rannten sie im Wechsel, einmal Bernhard mit zwei Eimern, einmal Elisabeth. Währenddessen stand die kleine Agnes am Brunnen und pumpte Wasser, bis ihr der Schmerz die Arme zu zerreißen schien.

Noch waren Holzbalken und Lehmwände des Fachwerkhauses nicht entzündet und auch die Holzschindeln des Daches waren unversehrt. Elisabeth und Bernhard liefen auch noch hin und her, als das Feuer längst gelöscht war. Aus Angst, es könne sich irgendwo in der großen Küche noch einmal entzünden, spritzten sie Boden, Wände und Decken nass.

Als die drei völlig erschöpft vor dem Brunnen auf den Boden gesunken waren, kamen Albrecht Eickhoff und seine Frau aus dem herrschaftlichen Schlafzimmer und ließen sich von dem Brand berichten.

„Agnes hat's zuerst gesehen", sagte Elisabeth und Bernhard setzte hinzu „und gerochen hat sie's auch."

„Sie hat uns das Leben gerettet", erwiderte Albrecht Eickhoff, nahm die kleine Agnes in den Arm und drückte sie fest an sich.

„Ja, uns allen", sagte Elisabeth leise.

Elisabeth spürte nicht erst an diesem Tag, dass Agnes ein ganz besonderes Kind war. Schon vorher waren ihr Dinge aufgefallen, die sie verwunderlich fand. So saß sie einmal im Stall auf ihrem Melkschemel und hatte eine Kuh gemolken. Plötzlich war der Eimer, der gerade noch fest auf dem Boden stand, umgekippt und die Milch war zwischen Heu und Stroh verlaufen.

Als Elisabeth den Eimer ärgerlich wieder aufstellte, hörte sie Agnes Lachen hinter der Stalltür.

„Du Göre, musst du dich über meine Ungeschicklichkeit lustig machen?", rief sie und drohte Agnes. Doch die lachte nur weiter.

Kaum ein paar Minuten später, als gerade der Boden des Eimers wieder mit Milch bedeckt war, wiederholte sich der Vorgang.

Der Eimer fiel um, Agnes lachte. Erst beim dritten Mal ging Elisabeth zornig auf Agnes zu und zischte: „Lass das sofort sein, sonst bekommst du eine Ohrfeige von mir.“

„Was denn?“, fragte Agnes mit Unschuldsaugen und lief hüpfend davon.

Als eines Tages Gaukler nach Soest kamen, versprach Elisabeth ihrer Tochter, mit ihr in die Stadt zu fahren. Doch die Herrin benötigte Elisabeth auf dem Hof und sie hatte den ganzen Vormittag über nicht den Mut, es Agnes zu sagen.

Beim Mittagessen sah das Kind seine Mutter lange an, dann senkte es den Kopf und sagte leise: „Vielleicht beim nächsten Mal, Mama.“

Als Agnes zwölf Jahre alt war, stand sie eines Tages vor ihrer Mutter und sagte: „Ich möchte schreiben und lesen lernen.“

„Das geht nicht, Agnes. Wir gehören zum Gesinde, und Gesinde darf nicht schreiben, lesen oder rechnen können. So etwas dürfen nur die herrschaftlichen Kinder lernen.“

Agnes hatte nichts geantwortet, sie war einfach weggegangen.

Doch ein paar Tage später war Albrecht Eickhoff zu Elisabeth gekommen und bat sie in das Herrschaftshaus. Elisabeth erschrak, denn es passierte höchst selten, dass Albrecht sie ins Haus holte.

Sie saß auf der äußersten Kante des Ledersessels, als Albrecht ihr erklärte, er wünsche, dass Agnes schreiben und lesen lerne.

Er habe sie bereits in der Schule in Soest angemeldet.

Elisabeth konnte nicht antworten, so verdutzt war sie.

Hatte Agnes etwas zu Albrecht gesagt oder hatte sie ihren Wunsch in seinen Kopf gezaubert?

Agnes lief summend durch die blühende Wiese. Sie ging gern zur Schule. Der weite Weg nach Soest machte ihr nichts aus. Der Lehrer war nett zu ihr, nur vor dem Schulmeister hatte sie Angst. Sie versuchte immer, ihm aus dem Weg zu gehen.

Auch heute hatte sie wieder Glück. Als sie das große Gebäude betrat, in dem die Stadtschule untergebracht war, traf sie zwar viele Mitschüler, von dem Schulmeister aber war weit und breit nichts zu sehen.

Agnes setzte sich auf die Schulbank, stellte Tintenfass und Feder ordentlich vor sich auf und faltete dann die Hände. Als der Lehrer das Zimmer betrat, stand sie, wie alle anderen Kinder, auf und antwortete auf die Begrüßung: „Guten Morgen, Herr Lehrer."

Agnes lernte gern. Es fiel ihr leicht, Wörter zu lesen oder zu schreiben. An der Stadtschule in Soest wurde Lese- und Schreibunterricht in deutscher Sprache erteilt.

„Es fehlt noch, dass Kinder vom Gesinde Latein lernen wollen", hatte der Schulmeister zu ihrem Hausherrn Albrecht Eickhoff gesagt, als sie eingeschult wurde.

„Ich nehme sie nur, wenn du mir als Ehrenmann zusagst, das Schulgeld wöchentlich persönlich bei mir vorbeizubringen, Albrecht", fügte er hinzu.

Genau das tat Albrecht Eickhoff nun an jedem Donnerstag. Dann nahm er Agnes in der Kutsche mit zur Schule. So brauchte sie den weiten Weg nicht zu laufen.

Agnes mochte die Fahrten mit dem Hausherrn nicht. Oft wusste sie nicht, was sie reden sollte. Natürlich durfte sie den Mund nur aufmachen, wenn er sie dazu aufforderte. Aber er fragte immer so komische Sachen, nach ihren Eltern und warum sie keine Geschwister hätte und ob ihre Mutter sie schlagen würde. Agnes schaute lieber nach draußen, sah zu, wie die Landschaft vorbeizog oder beobachtete, wenn es geregnet hatte, wie der Schlamm hoch spritzte.

Der Hausherr wurde böse, wenn sie auf seine Fragen nicht antwortete, weil sie in Gedanken war und gar nicht zuhörte.

Einmal, als sie etwas Schabernack spielen wollte und ein Pferd lahmen ließ, scheuchte er sie aus der Kutsche und sie musste zu Fuß zur Schule gehen.

Das war nicht weiter schlimm, aber sie musste auch noch zum Schulmeister gehen und ihm sagen, dass ihr Herr erst am nächsten Tag kommen könne, um das Schulgeld zu bezahlen.

Der keifte gleich und wurde wütend.

„Eigentlich sollte ich dich nach Hause schicken, wo du hin gehörst. Du solltest deiner Mutter helfen, im Stall und in der Küche. Und nicht deine Füße hier unter die Schulbank stellen und nichts als Unsinn machen. Kinder wie euch zu unterrichten, ist reine Zeitverschwendung. Ihr kapiert doch sowieso nichts. Gesindepack."

Agnes stand mit gesenktem Kopf da, machte schnell einen Knicks, als der Schulmeister Luft holte und lief davon.

Erst als die Tür des Schulzimmers sich hinter ihr schloss, blickte sie wieder hoch.

Aber schon eine Stunde später hatte Agnes die Worte des Schulmeisters vergessen. Sie war fröhlich und gutgelaunt und weil sie die Wörter, die der Lehrer an die Tafel schrieb, immer als Erste abgeschrieben hatte, kam sie auf dumme Gedanken.

Ihre Banknachbarin ließ sie einen großen Tintenklecks auf's Blatt machen und hinten, in der letzten Reihe, ließ sie ein Stuhlbein abbrechen.

Doch Agnes Lehrer schien an diesem Tag keinen Spaß zu verstehen und so musste sie nach dem Unterricht zu ihm kommen.

„Agnes, wenn das nicht aufhört, musst du die Schule verlassen", sagte er mit strengem Blick auf seine Schülerin. Agnes erschrak. So hatte sie ihren Lehrer noch nie erlebt.

Was war nur mit ihm?

Bei ihrer Mutter wirkte es immer, wenn sie völlig unschuldig tat. So versuchte sie es auch jetzt.

„Herr Lehrer, ich weiß nicht, was sie meinen. Ich habe nichts getan. Nur die Wörter von der Schiefertafel abgeschrieben und sie anschließend alle noch einmal gelesen. Leise natürlich."

„Du kannst leise lesen?", fragte der Lehrer erstaunt und Agnes nickte heftig, froh, ihn abgelenkt zu haben.

Doch es war nicht so. Er kam gleich wieder auf sein Thema zurück.

„Ich glaube, dass du viel Unfug gemacht hast, nachdem du die Wörter fertig geschrieben hattest. Tintenkleckse, ein abgebrochenes Stuhlbein, Agnes, diese Sachen machst du doch, oder nicht?"

Agnes spürte das Blut in ihren Wangen brennen.

„Du darfst nicht lügen, Agnes", hatte die Mutter ihr gesagt.

„Wir sind Ehrenleute, auch wenn wir nur zum Gesinde gehören. Und Ehrenleute sagen immer die Wahrheit."

Und so nickte Agnes nur stumm mit dem Kopf.

Der Lehrer stieß hörbar die Luft aus seinen Lungen und hielt sich an seinem Pult fest.

„Ich muss den Schulmeister benachrichtigen, ich kann nicht anders."

„Nicht den Schulmeister, nur nicht den Schulmeister."

Agnes Stimme wurde vor Angst ganz schrill.

„Weißt du denn gar nicht, wie gefährlich es ist, solche Dinge zu tun, Agnes? Sie werden sagen, dass du eine Hexe bist."

Agnes riss die Augen auf.

„Aber warum, ich habe nur etwas Spaß gemacht."

„Die Leute werden sagen, du bist eine Hexe. Weißt du, was das bedeutet, Agnes?"

Agnes schüttelte den Kopf.

„Geh nach Hause, Kind. Ich werde vergessen, was ich heute gesehen habe. Auch zu dem Schulmeister werde ich nichts sagen. Aber du darfst es nie, nie wieder tun, hörst du?"

Agnes nickte, griff nach ihrem Schulbeutel und stürzte aus dem Raum. Sie rannte nach Hause. Sie wollte nur heim, auf den Hof, zu ihrer Mutter, weg von der Stadt.

Elisabeth schaute erstaunt auf ihre Tochter, die völlig außer Atem vor ihr stand. „Warum bist du so gerannt?", fragte sie.

Agnes stürzte sich weinend in die Arme der Mutter. So kannte Elisabeth ihre Tochter nicht. Schon gar nicht, wenn sie aus der Schule kam. Also ließ Elisabeth sie erst einmal weinen.

Sie würde ihr schon erzählen, was passiert war.

Aber Elisabeth täuschte sich. Als Agnes sich endlich beruhigt hatte, konnte sie kein einziges Wort aus ihr herausbekommen. Still und verschlossen verrichtete sie ihre Arbeit, tat alles sorgfältig und gewissenhaft, aber auf alle Fragen von Elisabeth schüttelte Agnes nur den Kopf.

Am nächsten Tag ging sie wie immer zur Schule, doch alle Fröhlichkeit, alles Lachen schien in Agnes erloschen zu sein.

Elisabeth machte sich große Sorgen. Aber wenn Agnes nicht sprechen wollte, konnte sie sie nicht zwingen. Dieses Kind konnte man zu nichts zwingen, dass wusste Elisabeth.

Es waren Wochen vergangen, als Agnes eines Tages neben ihrer Mutter an dem großen Waschtrog stand und fragte:

„Was ist eine Hexe, Mutter?"

Elisabeth schaute erschrocken auf. Zu oft hatte sie selbst die übernatürlichen Fähigkeiten ihrer Tochter beobachtet, um nicht sofort richtige Schlüsse zu ziehen.

„Hat jemand gesagt, du seiest eine Hexe, Agnes?", fragte sie leise.

„Ja, der Lehrer in der Schule. Aber ich tue keine bösen Sachen, Mutter."

„Ich weiß, Agnes. Aber du darfst diese Dinge, die andere nicht können, nicht mehr tun. Hörst du. Es ist gefährlich."

„Der Lehrer sagt das auch. Aber warum?"

„Sie werden dich verbrennen, Agnes. Auf dem Scheiterhaufen verbrennen."

Agnes begann zu weinen.

„Mutter, ich fürchte mich. Der Lehrer hat versprochen, dem Schulmeister nichts zu sagen. Aber vielleicht bricht er sein Versprechen."

„Bestimmt nicht, Agnes. Er ist doch ein Ehrenmann. Er wird nichts sagen."

Doch in Elisabeths Innersten wuchs die Angst um ihre Tochter.

Verzweifelt fasste sie einen Entschluss.

„Elisabeth“, rief Albrecht Eickhoff erfreut, als er die Tür öffnete, um nachzusehen, wer geklopft hatte. Seine Frau war in die Stadt gefahren und so freute Albrecht sich, die schöne Magd in sein Haus holen zu können.

Verlegen stand Elisabeth vor ihm.

„Ich muss mit Euch sprechen, Herr“, begann sie zaghaft.

„Komm herein, schönes Kind. Wie oft habe ich mir gewünscht, mit dir noch einmal allein zu sein.“

„Bitte, Herr, es geht um meine Tochter. Um Eure Tochter, Herr.“

Albrecht bemerkte, wie schwer Elisabeth dieser Besuch fiel und vermutete, dass etwas sehr Ernstes sie zu ihm führte.

„Lass den Herrn weg, Elisabeth. Wir sind allein. Du darfst mich Albrecht nennen, wenn es um unsere Tochter geht.“

Elisabeth setzte sich auf den Lederstuhl, den Albrecht ihr mit der Hand zuwies und dachte daran, dass sie hier schon einmal gesessen hatte.

„Hat Agnes etwas angestellt, Elisabeth?“

Elisabeth schüttelte den Kopf. „Nein, oder ja doch, aber es ist nichts Schlimmes. Oder doch. Ich weiß es nicht. Nicht wirklich schlimm aber doch ...“

Albrecht unterbrach das Gestammel von Elisabeth.

„Also jetzt mal der Reihe nach. Was hat sie getan und was ist schlimm daran?“

„Sie ist eine Hexe, Albrecht.“

Albrecht Eickhoff war stumm. Er wusste nicht, was er antworten sollte. Seine Tochter eine Hexe? Elisabeth musste verrückt geworden sein.

„Wer sagt das?“, erkundigte er sich endlich mit rauer Stimme.

„Der Lehrer. Er hat zwar versprochen, es für sich zu behalten und dem Schulmeister nichts zu sagen. Aber ich habe Angst. Wenn er sein Versprechen nicht hält, wird der Schulmeister dem Pfarrer berichten und dann werden sie sie abholen und verhören und ...“

„Wie kommt der Lehrer dazu, sie der Hexerei zu bezichtigen? Dieses nette Kind, das keinem etwas zu Leide tut?“

Albrecht hatte keine Ahnung von seiner Tochter und so erzählte Elisabeth ihm von Agnes Vorahnungen, von ihrer Fähigkeit, Gegenstände zu bewegen, ohne sie zu berühren, von Gedankenlesen und Hellsehen.

Albrecht hörte sich alles mit wachsendem Staunen an.

„Seit wann beobachtest du diese Dinge bei ihr?“, fragte er.

„Seit ihrer frühesten Kindheit, Albrecht. Aber ich habe mit niemandem darüber gesprochen. Du bist der erste Mensch, dem ich etwas davon erzähle.“

„So muss es auch bleiben, Elisabeth. Schick Agnes zu mir, ich werde mit ihr reden. Sie darf diese Dinge nie wieder tun. Niemand darf merken, welche Fähigkeiten sie besitzt. Und sie muss weg von hier. Nicht nur der Lehrer, auch ihre Mitschüler werden gesehen haben, was sie getan hat. Sie muss weit weg von hier. Wo man sie nicht kennt. Ich werde eine Lösung finden."

Albrecht Eickhoff lief, während er sprach, in dem großen Zimmer hin und her.

Vielleicht konnte er Agnes in Kamen unterbringen. Ein Vetter von ihm war dort Richter. Er musste sich nur eine Geschichte einfallen lassen, die er seinem Vetter erzählen konnte. Niemand durfte erfahren, dass Agnes eine Hexe war.

Johann Bodde war erfreut, dass sein Vetter Albrecht Eickhoff ihn wieder einmal besuchte. Sie hatten sich lange nicht gesehen, daran war nicht nur die Entfernung zwischen Soest und Kamen Schuld. Der Standesunterschied zwischen Richter und Landwirt tat sicherlich das Seinige dazu.

„Was führt dich an die Seseke?", fragte Johann seinen Vetter Albrecht.

„Ich hätte eine Magd für dich, Johann. Sehr fleißig, sehr gesund, willig und sauber."

„Und warum willst du sie loswerden?"

„Es gibt Probleme mit Magdalene. Sie will, dass die Kleine vom Hof verschwindet."

„Oh, ich verstehe. Du hast ein Auge auf sie geworfen, Albrecht."

„Nein, nein. Nicht auf sie. Auf ihre Mutter, gewissermaßen. Magdalene hat es erst jetzt herausgefunden."

„Was hat Magdalene herausgefunden?"

Albrecht seufzte. Er glaubte, sich schon recht deutlich ausgedrückt zu haben. Aber Johann wollte es wohl ganz genau wissen.

„Na, dass Agnes mein Kind ist. Jetzt zetert sie jeden Tag herum."

„Na, so etwas. Der brave Albrecht. Macht seiner Magd ein Kind."

Albrecht ärgerte sich über die Reaktion seines Vetters und bereute schon, zu ihm gereist zu sein. Aber Johann lachte, legte den Arm um Albrecht und sagte:

„Wenn sie so fleißig ist, wie du sagst, kann sie kommen. Meine Frau ist schwach, du weißt ja, dass sie schon mehrere Fehlgeburten hatte. Sie kann Hilfe gut gebrauchen. Und Magdalene wird sich wieder beruhigen, wenn der kleine Bastard weit weg ist."

Albrecht atmete erleichtert auf.

Er reichte Johann einen kleinen Lederbeutel.

„Hier, das ist für ihre Ausbildung. Nimm sie ruhig kräftig ran, Johann. Sie wird dir Freude bereiten."

Schon eine Woche später brachte Albrecht Agnes nach Kamen.

„Sie kann übrigens etwas lesen und schreiben, Johann", sagte er zum Abschied zu seinem Vetter.

„Das macht nichts, Albrecht. Vielleicht kann sie meine Gerichtsakten abschreiben. Dann kann ich mir auch noch den Schreiber sparen."

Johann Bodde lachte und freute sich insgeheim über den Fehltritt seines Vetters.

Elisabeth weinte, als Albrecht Agnes abholte, um sie nach Kamen zu bringen.

„Es ist zu ihrem besten, Elisabeth", raunte Albrecht ihr zu und sie nickte nur.

Bernhard stand verlegen dabei. Er hatte keine Ahnung, warum Agnes nun plötzlich nicht mehr zur Schule gehen sollte, sondern eine Stelle als Magd in Kamen annehmen musste.

„Sie ist alt genug", hatte Elisabeth ihm erklärt. „Der Hausherr hat lange genug gezahlt, sie kann lesen und schreiben, jetzt muss sie ihren Lebensunterhalt selbst verdienen."

Das hatte Bernhard eingeleuchtet. Doch er verstand nicht, was Albrecht Eickhoff und Elisabeth zu tuscheln hatten und warum seine Frau so weinte.

Agnes sagte kein Wort, drückte ihm und Elisabeth stumm die Hände und stieg in die Kutsche von Albrecht Eickhoff ein.

Jeden Donnerstag hatte er sie damit zur Schule gebracht und das Schulgeld an den Schulmeister gezahlt. Jetzt brachte er sie nach Kamen zu Richter Bodde und seiner Frau.

Der schiefe Turm der evangelischen Kirche in Kamen reckte sich in einen grauen Himmel.

Immer, wenn Agnes ihn sah, stellte sie sich vor, wie ein Riese mit seinem großen Fuß gegen die Kirchturmspitze trat und den Turm so verbog.

Niemals zuvor hatte sie einen schiefen Kirchturm gesehen. Doch die Kamener Protestanten waren stolz auf ihren Turm.

Agnes betrat mit ihrer Herrin, Gesine Bodde, das Kirchenschiff. Sie fröstelte, als sie sich in der kalten Holzbank niederließ. „Vorher beten", zischte die Herrin ihr jetzt zu und Agnes sprang erschrocken wieder auf, faltete die Hände und begann ein stummes Gebet.

Sie betete immer das gleiche, wenn niemand sie hören konnte. Lautlos bewegte sie die Lippen, den Kopf tief gesenkt.

„Lieber Gott, lass mich wieder daheim sein. Bitte, bitte, bitte. Ich will alles tun, was du von mir willst, wenn ich nur wieder nach Hause darf. Amen."

Agnes hatte Heimweh. Vom ersten Tag an sehnte sie sich nach der Mutter, nach dem Vater und nach dem Hof.

Richter Bodde und seine Frau waren gut zu ihr. Sie konnte sich nicht beklagen. Zwar musste sie viel arbeiten, aber die Boddes waren hoch erfreut darüber, was Agnes alles konnte.

„Kind, du kennst dich am Herd besser aus als ich. Seitdem du für uns kochst, hat der Richter kräftig zugenommen. Und ich auch. Sicherlich kommt unser nächstes Kind gesund zur Welt."

Agnes' Herrin streichelte mit ihren Händen ihren runden Bauch und lächelte sie an. Und Agnes freute sich über die Worte.

Doch all das änderte nichts an ihrem Heimweh.

Als sie vor ein paar Tagen zum Bauern geschickt wurde, um Milch zu holen, war sie auf dem Rückweg über das Werver Feld gegangen. Und plötzlich hatte sie das Gefühl gehabt, in ihrer Heimat zu sein. Das

Feld mit seinen Ähren, mit den wilden Blumen, den Vögeln und Insekten hatte sie an die Soester Börde erinnert. Sie hatte die Arme in die Luft geworfen, sich im Kreis gedreht und dazu gesungen. Erst als sie ein Donnern in der Ferne hörte, war sie aus Angst vor dem Gewitter schnell nach Hause gelaufen.

Ihr Herr und seine Frau wurden traurig, wenn sie von ihrem Heimweh erzählte. Manchmal wurden sie sogar zornig, fragten sie, ob sie denn nicht alles habe, hier in Kamen beim Richter Bodde.

„Doch, doch", beeilte sie sich dann, zu versichern, „aber ..."

„Dann solltest du mehr arbeiten, damit dir die Gedanken an Zuhause vergehen."

Richter Boddes Stimme hatte drohend geklungen und so beschloss Agnes, nie mehr von ihrem Heimweh zu erzählen.

Sie war so sehr in ihre Gedanken versunken, dass sie es nicht merkte, als ihre Herrin sie anstieß.

„Steh auf, Agnes, wir beten", zischte sie ihr jetzt zu.

Agnes war erstaunt, dass der Gottesdienst schon zu Ende war. Sie hatte kaum etwas mitbekommen. Kerzengerade stand sie jetzt in der Kirchenbank, die Hände gefaltet, den Kopf tief gesenkt, sprach sie das Vaterunser. Als sie fertig war, setzte sie leise hinzu: „Und mach bitte, dass ich bald wieder nach Hause darf."

Ein paar Tage später saß Agnes mit ihrer Herrin an dem großen Küchentisch und schnitt Bohnen klein. Gesine Bodde sah ihre Magd aufmerksam an und sagte:

„Du bist so schweigsam in letzter Zeit, Agnes!"

Agnes wollte nicht mehr von ihrem Heimweh berichten und schüttelte deshalb nur den Kopf.

„Es ist nichts, Herrin. Ich bin nur müde."

Gesine Bodde legte ihr eine Hand auf die Schulter und fragte:

„Ist die Arbeit zu schwer für dich, Agnes? Du bist ein zartes Kind."

Agnes schüttelte heftig den Kopf.

„Nein, nein, das ist es nicht. Es ist alles in Ordnung."

Noch immer lag die Hand der Herrin auf Agnes Schulter. Die Berührung ließ Agnes erschauern, sie spürte Angst, eine Bedrohung, etwas Schreckliches würde geschehen.

Nicht ihr, gewiss nicht, aber der Herrin drohte Unheil. Agnes spürte es deutlich.

Doch sie biss sich auf die Lippen, sagte keinen Ton und setzte ihre Arbeit fort.

„Na, dann ist es ja gut", nickte Gesine Bodde ihr jetzt zu und stand schwerfällig auf.

„Bald kann ich gar nichts mehr machen, wenn ich im Kindbett liege. Dann musst du alles allein schaffen."

Agnes nickte. Das Unheil stand deutlich zwischen ihr und der Herrin.

Der Sturm rüttelte an den Fenstern des Hauses. Vor ein paar Tagen hatte ein schreckliches Unwetter einen großen Teil der Ernte auf den Feldern vernichtet.

Es blitzte und donnerte, der Hagel zerschlug die Ähren. Und das Wetter hatte sich immer noch nicht beruhigt.

Agnes war früh aufgestanden und fegte die Stube aus. Die Herrin war so schwerfällig geworden, dass sie sich kaum noch bewegen konnte. Agnes war bemüht, es ihr so angenehm wie möglich zu machen. Sicherlich würde sie sich freuen, wenn sie beim Aufstehen die Stube schon gereinigt vorfinden würde.

Agnes stand mit einem Tuch an der Anrichte, als sie ein Poltern hörte und gleich darauf einen grellen Schrei. Zitternd lief sie zu ihrer Herrin, die sich auf dem Boden krümmte. Sie war über den Besen gestolpert, den Agnes hinter der Tür angelehnt hatte.

Steif vor Angst sah Agnes, wie sich unter ihrer Herrin eine Blutlache bildete.

„Hol den Herrn, Agnes", hauchte Gesine Bodde und Agnes rannte nach oben, ins Schlafzimmer ihrer Herrschaft.

Johann Bodde schickte Agnes sofort zur Hebamme Heidemann, die nur ein paar Straßen weiter wohnte.

Schon wenige Minuten später kam Agnes zusammen mit der Hebamme im Richterhaus wieder an. Martha Heidemann verstand ihr Handwerk, sie war klug und unerschrocken.

Doch sie sah sofort, dass sie hier mit ihrer Kunst am Ende war.

Das Kind in Gesines Leib lebte nicht mehr. Es dauerte Stunden, bis die entkräftete Frau das tote Baby geboren hatte. Martha hatte den Richter hinausgeschickt, nur Agnes ging ihr bei der Geburt zur Hand. Gesine schwankte zwischen Ohnmacht und Bewusstsein. Als sie endlich begriff, dass ihr Kind nicht lebte, stieß sie einen erbarmungswürdigen Schrei aus.

„Die Hexe ist schuld", schrie sie plötzlich und zeigte mit dem Finger auf Agnes.

„Sie ist nicht bei Sinnen", flüsterte Martha Heidemann Agnes zu.

Doch Agnes schlich schuldbewusst aus dem Zimmer.

„Ich habe den Besen stehen gelassen", murmelte sie tonlos vor sich hin.

Sie fürchtete den Moment, in dem sie Richter Bodde gegenüber stehen würde.

In den folgenden Tagen verrichtete Agnes ihre Arbeit wie gewohnt fleißig und ordentlich. Sie war sehr schreckhaft und zuckte beim kleinsten Geräusch zusammen. Gesine Bodde erholte sich nur schwer von der Totgeburt. Agnes musste nicht nur die ganze Arbeit im Haus allein erledigen, sie musste auch ihre Herrin pflegen, sie waschen, füttern und ihre Wäsche wechseln.

Dabei sprach Gesine nicht ein einziges Wort mit ihrer Magd. Willenlos ließ sie alles mit sich geschehen. Manchmal war Agnes sich nicht sicher, ob die Herrin sie überhaupt erkannte.

Agnes hatte Richter Bodde noch nicht wieder zu Gesicht bekommen. Offensichtlich ging er ihr aus dem Weg.

Agnes fühlte sich schuldig an dem Unglück.

Dass Richter Bodde und seine Frau sie wie Luft behandelten, konnte sie kaum ertragen.

Schließlich rief der Richter Agnes eines Tages zu sich.

Mit gesenktem Kopf stand sie vor ihm.

„Du hast großes Glück, dass meine Frau ein so gutes Herz hat. Sie lässt dich gehen. Wir werden dich nicht der Hexerei bezichtigen."

„Ich bin doch keine Hexe", flüsterte Agnes.

Richter Bodde ging zu seiner Magd, hob mit der rechten Hand ihren gesenkten Kopf an und schaute ihr in die Augen.

„Unser Pfarrer sagt das auch. Aber ich bin mir da nicht so sicher. Auf jeden Fall hast du uns Unglück gebracht. Meine Frau verzeiht dir, aber sie hat Angst vor dir.

Sie will, dass du fort gehst, sobald sie wieder aufstehen kann."

„Aber wo soll ich denn hin, Herr?" Agnes Stimme klang tränenerstickt.

„Ich habe schon mit meinem Cousin Albrecht Eickhoff gesprochen. Er wird dich abholen."

„Nach Hause, Herr, darf ich wieder nach Hause?" Agnes konnte ihre Freude über diese unerwartete Wende kaum verbergen.

„Das weiß ich nicht. Ich glaube, dass er dich zu einer anderen Herrschaft bringen wird. Auf seinem Hof kannst du nicht mehr leben, das weißt du doch."

Agnes Hoffnung erlosch ebenso schnell, wie sie aufgekeimt war.

Wie gern wäre sie zurück nach Soest gegangen, zu Mutter und Vater, auf den Hof von Albrecht Eickhoff.

Es dauerte noch mehr als zwei Wochen bis Gesine Bodde sich soweit erholt hatte, dass sie das Bett verlassen konnte. Noch immer war sie schwach, konnte kaum stehen oder laufen.

„Bleib, Agnes. Ich brauche dich noch", sagte sie zu ihrer Magd und hielt sich an Agnes Arm fest.

Schon begann Agnes zu glauben, dass sie im Richterhaus bleiben könne, als eines Morgens Albrecht Eickhoff vor der Tür stand.

Albrecht schaute finster drein, sprach kaum mit Agnes, als er ihre Habseligkeiten in der Kutsche verstaute.

„Wohin bringt ihr mich?", wagte Agnes schließlich zu fragen.

„Nach Rinderbügen, ins Hessische. Hanß Datten sucht eine Frau, du wirst ihn heiraten."

Agnes wagte nicht, zu widersprechen. Sie wusste nicht, wo Rinderbügen lag, hatte noch nie von diesem Ort gehört. Auch Hessen war ihr kein Begriff.

So fragte sie bloß: „Ist es weit von hier?"

„Ja, Agnes. Sehr weit. So weit von hier und von Soest entfernt, dass niemand dort weiß, dass du eine Hexe bist. Und nun halte deinen Mund."

Fast den ganzen Tag fuhren sie über schlammige Straßen, bis sie endlich den Wetteraukreis erreichten. In Büdingen hielt Albrecht die Kutsche an, um sich nach dem Weg zu erkundigen. Ein Bauer beschrieb ihm, wo er das Haus von Hanß Datten finden würde. Als sie ankamen, war es bereits dunkel. Agnes konnte kaum etwas sehen, sie konnte nur Konturen erkennen.

Ein großer rothaariger Mann, der dem Alter nach sicherlich Agnes Vater hätte sein können, trat vor die Tür.

„Endlich seid ihr da. Ich dachte schon, ihr kämt gar nicht mehr an", sagte er in einer Sprache, die in Agnes Ohren fremd klang.

Hanß Datten war ein Kleinschmied. Das erste, was er Agnes zeigte, war sein Meisterstück, das er im vergangenen Jahr fertiggestellt hatte.

Es war ein glänzendes Truhenschloss, in das ein kunstvolles Muster ziseliert war.

Hanß Datten legte es Agnes in die Hände und sie drehte es hin und her, damit sie das Kunstwerk von allen Seiten betrachten konnte.

„Wenn du eine große Truhe mit einer anständigen Aussteuer mitgebracht hättest, könntest du sie damit abschließen", sagte er zu Agnes.

Agnes senkte den Kopf. Sie wusste, dass sie keine gute Partie für Hanß Datten war.

„Aber er soll froh sein, dass er überhaupt noch eine Frau mitbekommt", dachte sie trotzig.

Und dieser Gedanke war berechtigt. Hanß Datten hatte den Zeitpunkt, sich ein Weib zu nehmen, irgendwie verpasst.

Als Jüngling war er froh, die strengen Aufnahmebedingungen der Handwerksordnung für Kleinschmiede erfüllen zu können. Er stammte von redlichen Eltern ab, war ledig und unbescholten. So ging er sechs Jahre in die Lehre, musste achtzehn Stunden am Tag arbeiten und im Haus des Meisters leben. Bevor er auf die Wanderschaft ging, verbrachte er vier Jahre als Geselle im Meisterhaus. Heute dachte er gern an die Jahre der Wanderschaft zurück, doch sie hatten ihm viele Entbehrungen und viel Lebenszeit abverlangt.

Als er sich endlich um das Meisterrecht bewerben durfte, war er alt geworden und immer noch ohne Weib.

Von einem fahrenden Kaufmann hatte er erfahren, dass ein Gutsbesitzer aus Soest einen Mann für seine Tochter suchte, der möglichst weit entfernt lebte.

So hatte Hanß dem Kaufmann einen Brief mitgegeben, in dem er sich, seinen Beruf und sein Haus schilderte und versicherte, die junge Frau gut zu behandeln.

Albrecht Eickhoff hatte umgehend geantwortet und mitgeteilt, dass er die Braut persönlich in seiner Kutsche nach Rinderbügen bringen würde.

„Komm, ich zeige dir meine Werkstatt“, sagte Hanß jetzt zu Agnes und zog sie an der Hand aus der Stube.

Ein Lehrling saß auf einem Schemel vor dem Amboss und schmiedete ein rot glühendes Werkstück.

„Das ist Fritz“, sagte Hanß, „er wohnt hier.“

Agnes nickte dem Lehrling zu und sah, dass der rot wurde. Schnell schaute Agnes zur Seite.

Die Schlosserwerkstatt war voller Werkzeug. Hammer, Meißel, Zange, Feile, Bohrer und Stempel sah Agnes aufgereiht an der Wand hängen. Auf einem Tisch lagen Zirkel, Winkel, Schablonen und Zollstock. Nicht alle Instrumente kannte Agnes, aber Hanß und Fritz erklärten ihr alles geduldig.

In der Mitte des Raumes loderte in der Esse ein Feuer. Direkt neben dem Amboss stand ein Schraubstock.

In einem Korb lagen bereits fertig gestellte Produkte. Agnes bewunderte verschiedene Schlösser, Schlüssel, Beschläge und Türbänder, Türgriffe und Türklopfer.

Sie spürte ein seltsames Gefühl in sich aufsteigen, das sie nicht kannte.

Es machte ihr Spaß, all diese schönen und nützlichen Dinge zu betrachten und zu wissen, dass sie bald die Frau des Mannes war, der das herstellte.

Sie ergriff Hanß Hand und sagte leise zu ihm: „Ich will dir eine gute Frau sein, Hanß Datten.“

Agnes stand zu ihrem Wort, und es fiel ihr nicht schwer. Denn Hanß Datten behandelte sie gut. Sie musste sich um das Haus kümmern, Essen kochen, Wäsche waschen und alles sauber halten. Wenn diese Arbeiten erledigt waren und der Meister immer noch in seiner Werkstatt stand, lief Agnes über die herrlichen Wiesen im Wetteraukreis und sammelte Kräuter. Einige kannte sie noch von der Mutter. Andere erklärte ihr Katharina Hoffmann, die Frau des Apothekers von Rinderbügen.

Zu ihr ging Agnes auch, als sich Hanß an der Esse verbrannt hatte und die hässliche Wunde an seinem linken Unterarm zu eitern begann.

Katharina zeigte ihr, wo Huflattich und Spitzwegerich wuchsen, die sie brauchte, um einen Sud daraus zu kochen.

„Jeden Morgen und jeden Abend gibst du Hanß eine Tasse davon zu trinken. Zur Nacht hin tränkst du ein Leinentuch mit diesem Sud und wickelst es um die Wunde.

Ist das Tuch am Morgen getrocknet, musst du die Prozedur noch einmal wiederholen."

Agnes hörte aufmerksam zu, was Katharina ihr erklärte.

Mit Kamillen- und Salbeiblüten setzte Katharina ein ätherisches Öl an.

„Wenn die Entzündung in drei Tagen etwas abgeklungen ist, kannst du das Öl auf die Wunde träufeln. Das beschleunigt die Heilung."

Agnes war glücklich über ihre kluge Freundin und machte sich mehr und mehr deren Wissen zu eigen.

So setzte sie auch ihre ganze Hoffnung auf die Kräuter, als Hanß immer deutlicher machte, dass er sich bald einen Nachkommen wünschte.

Mit Katharina zusammen lief Agnes über die blühenden Wiesen und suchte nach „Frauenmänteli“, das mit seinem becherförmigen Blatt, auf dem sich perlende Wassertropfen sammelten, unverkennbar war.

Aus den frischen blühenden Pflanzen kochten sie einen Tee, den Agnes fortan täglich trank.

„Das hat bei mir gleich geholfen, Agnes. Schon neun Monate nach unserer Hochzeit war unser erster Sohn da“, berichtigte Katharina ihrer Freundin.

Doch bei Agnes schien der Frauenmantel nicht zu wirken.

Obwohl sie sogar Sitzbäder in dem Sud nahm und frische Blätter in ihre Unterwäsche legte, erfüllte sich Hanß Dattens Kinderwunsch nicht.

Agnes war sehr unglücklich darüber und fühlte sich als schlechte Ehefrau.

„Du solltest nicht immer mit dem Apothekerweib zusammen sein“, sagte Hanß eines Tages zu Agnes.

„Warum nicht?“, fragte Agnes erstaunt, „sie ist sehr klug, ich kann viel von ihr lernen.“

„Die Leute sagen, sie hat den bösen Blick. Wer weiß, warum du kein Kind bekommst. Vielleicht ist sie Schuld daran.“

„Das glaubst du doch selbst nicht, Hanß Datten.“ Agnes war empört. Wie konnte Hanß auf das Gerede der Leute hören? Katharina war ihre beste Freundin, niemals würde sie ihr so etwas antun.

„Vielleicht willst du ja gar kein Kind. Und sie hilft dir dabei.“ Hanß hatte sich in Rage geredet. „Aber damit versündigst du dich an Gott. Es ist deine Pflicht, Nachkommen in die Welt zu setzen.“

Agnes starrte Hanß fassungslos an.

„Ich wünsche mir ebenso sehr ein Kind wie du, Hanß. Wie kannst du daran zweifeln?“

„Geh nur ins Dorf und hör dir an, was die Leute reden. Du und diese Katharina, was ihr mit euren Hexenkräutern alles anrichtet, mag der Himmel wissen.“

„Hanß, mit den Kräutern will Katharina mir zu einem Kind verhelfen und nicht das Gegenteil, du Narr. Was die Leute sagen, ist Lüge. Wir tun nur Gutes mit unseren Kräutern. Denk doch nur an die böse Brandwunde. Du hättest daran sterben können, wenn der Sud nicht die Entzündung herausgezogen hätte.“

Hanß blickte verlegen auf den Boden. Agnes hatte Recht. Die schlimme Brandwunde hätte ihn beinahe umgebracht. Aber wieso konnten die beiden Weiber so etwas wegzaubern? Nur mit Hilfe der Kräuter? Und woher wussten sie, welche halfen und welche nicht?

Egal, Hanß liebte seine Frau und das Gerede im Dorf sollte ihm einerlei sein.

Wenn sie kein Kind bekam, war das schade, aber vielleicht hatte Gott es so gewollt.

Wie viele Kinder starben in Rinderbügen, bevor sie das Laufen lernen konnten?

Erst vor ein paar Tagen hatte sein Freund Dietrich sein jüngstes Kind verloren. Es war kein Jahr alt geworden. Die Schwindsucht hatte den kleinen Körper wie eine welkende Blume zerstört. Dieses Leid wollte Hanß seiner Agnes nicht zumuten.

Außerdem lebten sie ja nicht allein im Schmiedehaus. Da war ja noch Fritz. Und wenn der auf Wanderschaft gehen würde, käme ein neuer Lehrling. Einen ganz jungen würde er nehmen. Der wäre dann so etwas wie ein Sohn.

Hanß legte seinen Arm um Agnes und zog sie an sich.

„Ich halte ja zu dir, mein Weib", sagte er zu ihr und strich ihr über's Haar.

Agnes nickte.

Die Jahre gingen vorüber, die Arbeit in der Schmiedewerkstatt war tagein tagaus die gleiche. Hanß Datten ging nicht mehr oft ins Dorf. Er fürchtete sich vor dem Spott der Leute, die nicht verstehen wollten, dass er sich nicht von seiner unfruchtbaren Frau trennen wollte.

Nur Agnes lief mit hoch erhobenem Kopf über den Marktplatz.

Und wenn sie mit Katharina über Wiesen und Felder lief, nahm sie die Freundin bei der Hand, um allen zu zeigen, wie sehr sie sich mochten.

Katharina bekam fast jedes Jahr ein Kind und Agnes war gern in dem lauten Apothekerhaus, in dem das Kindergeschrei nie verstummte.

„Wenn ich könnte, würde ich dir eins abgeben", sagte Katharina zu Agnes, nachdem sie ihr neuntes Kind zur Welt gebracht hatte und Agnes nach fast zehn Ehejahren immer noch kinderlos war.

Agnes sah ihre Freundin lange an, schien zu überlegen und schüttelte dann den Kopf.

„Mit einer solchen Lüge könnten wir nicht leben, Katharina. Dem Herrgott darf man nicht ins Handwerk pfuschen!"

Katharina nickte, ergriff Agnes Hände und sagte: „Alle meine Kinder sind auch deine Kinder, Agnes. Dass darfst du nie vergessen."

„Ja, genauso ist es", rief Agnes laut, packte ein paar aus der Kinderschar und tanzte mit ihnen durch das Zimmer, während Katharina vom Kindbett aus das Treiben lachend verfolgte.

Am Abend sprach Agnes mit Hanß über Katharinas neuntes Kind und was die Freundin zu ihr gesagt hatte. Hanß hörte stumm zu, riss die Augen weit auf und schüttelte den Kopf.

Schließlich verließ er das Haus, ohne Agnes zu sagen, wohin er ging.

Er kam erst spät in der Nacht heim, legte sich ins Bett, schien aber keinen Schlaf finden zu können. Agnes hörte ihn stöhnen.

Am Morgen sagte er zu ihr: „Ich habe gestern mit dem Apotheker gesprochen. Wenn Katharina wieder schwanger wird, wird sie das Haus nicht mehr verlassen. Und du kannst dir ein Kissen unter den Rock stecken und über den Markt gehen.

Wenn das Kind geboren ist, wird der Apotheker es sofort zu uns bringen. Es wird unser Kind sein, Agnes. Ich habe alles mit ihm besprochen."

Agnes wusste nicht, was sie sagen sollte. Wie tief verzweifelt musste Hanß sein, wenn der ehrbare Mann auf einen solchen Schwindel eingehen wollte.

„Agnes, ich muss dir etwas sagen." Katharina sprach verschwörerisch, so dass Agnes sofort verstand.

„Du bekommst ein Kind, stimmt es?"

Agnes Stimme überschlug sich vor Aufregung.

„Ja, ja, aber du musst es noch für dich behalten. Ich sag es Lips immer erst, wenn ich sicher bin, dass nichts mehr schief geht."

Agnes konnte ihre Freude kaum beherrschen. Katharina bekam ein Kind, ihr Kind.

In den letzten Wochen und Monaten hatten die beiden Freundinnen von nichts anderem mehr gesprochen. Anfangs war es für Agnes schwer gewesen, die richtigen Worte zu finden. Aber Katharina hatte ihr schnell alle Verlegenheit genommen.

„Die beiden Männer haben es so besprochen. Hanß zahlt eine stattliche Summe dafür an Lips. Und ich tue das gern für dich, Agnes. Ich bin so froh, dass ich dir helfen kann.

Du wirst eine gute Mutter sein, das weiß ich. Manchmal mache ich mir nur Sorgen, ob Hanß ein fremdes Kind so groß ziehen kann, als wäre es sein eigenes."

„Aber bestimmt, Katharina. Hanß wünscht sich sehnlichst ein Kind. Und es wird ja niemand wissen, dass es nicht unser Kind ist."

„Weißt du was, Agnes? Wir gehen jetzt zusammen ins Dorf. Auf den Marktplatz, da wirst du plötzlich ohnmächtig. Ich hole Hilfe und bringe dir Wasser, aber dir ist ja so übel. Dann haben die Leute doch schon einmal etwas zu reden."

„Oh, ja, das machen wir.“ Agnes war von der Idee sofort begeistert und die beiden Frauen liefen ins Dorf.

Es dauerte nicht lange und das Täuschungsmanöver der Freundinnen zeigte Erfolge. Die Bewohner von Rinderbügen waren sich schnell sicher, dass im Schmiedehaus von Hanß Datten bald Kindergeschrei ertönen würde.

„Gott sei Dank“, sagten die Frauen, „lange genug haben die beiden darauf gewartet.“

Doch es gab auch spitze Zungen. „Vielleicht haben die Kräuter diesmal nicht gewirkt“, sagten ein paar Bürger, die nicht glaubten, dass ein Eheweib solange kinderlos sein konnte, wenn sie das gar nicht wollte.

Agnes indes war überglücklich. Da von der Schwangerschaft bei Katharina noch nichts zu sehen war, Agnes aber vorsorglich schon ein weites Kleid mit mehreren Unterröcken trug, liefen die beiden Frauen fröhlich und unbekümmert durch Rinderbügen.

Eines Tages gesellten sich Margreth und Anna zu ihnen, die beobachtet hatten, dass Agnes und Katharina den Weg zum Wald eingeschlagen hatten.

„Nehmt uns mit“, baten die beiden. „Unsere Männer sind krank. Wir möchten mit euch Kräuter sammeln, um ihnen helfen zu können.“

Für viele Bewohner von Rinderbügen war es eine schwere Zeit. Krankheiten, Hunger und Not brachten Verzweiflung in die Familien. Agnes und Katharina wussten von dem Unglück vieler Rinderbügener, doch da ihre Männer gut verdienten, machten sie sich nicht allzu viele Gedanken um das Leid anderer.

Die beiden Bauersfrauen, die ihnen nun von Not und Elend berichteten, taten ihnen Leid und weckten ein schlechtes Gewissen bei ihnen.

„Die Ernte ist uns im letzten Jahr verdorben“, erzählte Margreth. „Unser Vieh ist verhungert und bald haben wir selbst auch nichts mehr zu essen. Mein Mann hustet seit Wochen, oft hat er Fieber. Medizin können wir uns nicht leisten. Vielleicht könnt ihr uns Kräuter zeigen, die ihm Linderung bringen.“

Anna begann zu weinen. „Mein Mann hat Schmerzen im Bauch. Er kann sich kaum noch bewegen. Ich muss die ganze Arbeit auf dem Hof allein machen. Die Kinder sind noch zu klein, um mitzuhelfen. Ich habe Angst, dass mein Mann stirbt und ich mit den Kindern ins Armenhaus muss.“

Die vier streiften am Nachmittag durch den Pfaffenwald bis hin nach Breitenborn, um nach Heilkräutern zu suchen. Erst als die Dämmerung einbrach, machten sie sich auf den Rückweg.

Auf dem alten Gerichtsplatz in Büdingen ließen sie sich nieder und sortierten ihre Kräuter. Katharina erklärte den beiden Bauersfrauen, wie sie die Heilpflanzen zubereiten mussten.

Agnes zeigte ihnen einen magischen Tanz, mit dem sie Dämonen vertreiben konnten.

Keine der vier achtete auf die verstohlenen Blicke, das Getuschel und Geraune, das sie umzingelte.

Erst als der Schultheiß des Grafen Reinhard von Isenburg-Birstein in Begleitung von zwei Bütteln vor ihnen stand, erwachten sie aus ihrer Arglosigkeit. Doch für eine Flucht war es längst zu spät.

„Margreth, Weib von Hans Fausten,
Anna, Weib von Fritz Dietrich,
Agnes, Weib von Hanß Datten,
Katharina, Weib von Lips Hoffmann,
ich beschuldige euch der fortgesetzten Hexerei an Menschen, Vieh und Wetter und verhafte euch im Namen des Grafen Reinhard von Isenburg-Birstein."

Die Büttel ergriffen die vier Frauen und brachten sie auf einem Pferdekarren nach Birstein, wo sie am 4. Mai 1597 in den Turm gesperrt wurden.

Schon vier Tage später entschied die juristische Fakultät der Universität Marburg, dass die Verhängung der Folter in diesem Verfahren rechtmäßig sei.

Um den Qualen zu entgehen, erhängten sich Anna und Margreth in der darauf folgenden Nacht in ihrer Zelle.

Katharinas Mann bat das Gericht um Milde für seine Frau, da sie schwanger sei. Nach mehreren Beratungen und Untersuchungen sowie der Zahlung einer größeren Geldsumme durch den Ehemann wurde Katharina am Morgen des 23. Juli 1597 um 6.00 Uhr freigelassen.

Agnes blieb trotz der Folter standhaft und beteuerte ihre Unschuld.

Kapitel 17

Als Helga mich fragte, wie sie mir helfen könne, wusste ich plötzlich nicht mehr, was ich zu ihr sagen sollte. Sie wollte mir helfen, sie, die selbst soviel Unglück und Ungerechtigkeit erfahren hatte? Sie sah es als Berufung an, eine Magierin zu sein. Mit ihren Kräften wollte sie anderen helfen, Gutes zu tun. Und was wollte ich? Ich wollte zwar niemandem schaden, nicht einmal Martins Frau. Ich wollte nur die Geschicke der anderen etwas lenken, und zwar so, dass es für mich von Vorteil war. Ja, ich dachte nur an mich. Das hatte ich immer getan. Plötzlich schämte ich mich für mein Ansinnen.

Ich senkte den Kopf und flüsterte auf Helgas Frage: „Ach, eigentlich wollte ich gar nichts Bestimmtes. Ich wollte dich einfach nur wiedersehen."

Aber es war nicht leicht, eine Hexe zu täuschen. Helga merkte sofort, dass das, was ich sagte, nicht so ganz der Wahrheit entsprach.

„Also raus mit der Sprache." Plötzlich hatte sie wieder ihre kräftige Stimme, die mir noch von unserem ersten Treffen vertraut war.

„Du führst etwas im Schilde, etwas, bei dem du meine Hilfe brauchst, stimmt's?"

Ich nickte. Es hatte keinen Sinn, Helga etwas vorzumachen.

„Erzähl", befahl sie mir jetzt in einem Ton, der keinen Widerspruch duldete.

Also erzählte ich von Martin, wie ich ihn kennen gelernt hatte. Und dass ich davon überzeugt war, dass ihr Ritual mich befähigt hatte, dieses Treffen herbeizuführen.

Ich erzählte auch von Martins Frau, von seinen Kindern.

„Wir sind für einander geschaffen, Helga", sagte ich aus tiefer Überzeugung.

„Und nun sind dir Frau und Kinder von Martin im Weg", stellte Helga fest.

Ich senkte den Kopf. „Ja, aber nicht so, wie du jetzt denkst. Ich möchte nicht, dass ihnen etwas Schlimmes geschieht. Ich möchte nur, dass Martin sich zu mir bekennt. Und seine Frau Erfüllung in einem anderen Leben findet. Vielleicht mit einem anderen Mann."

Nun war es heraus. Helga sah mich prüfend an.

„Aha, du möchtest gern mit meiner Hilfe einen Geliebten für Martins Frau herbeizaubern, wie?"

Ich nickte. Es hatte ja keinen Zweck, Helga etwas vorzumachen.

„Ich weiß nicht, Regina, ob das eine gute Idee ist. Wir sollten dem Schicksal nicht zu sehr ins Handwerk pfuschen. Wir sind schließlich nicht Gott."

„Aber damals haben wir mit dem Ritual doch auch Schicksal gespielt. Sonst wäre mir Martin bestimmt nicht begegnet."

„Vielleicht, Regina. Vielleicht aber hättest du ihn ohnehin getroffen. Durch das Ritual warst du nur darauf vorbereitet. Dadurch habt ihr euch erkannt. Ohne das Ritual wäret ihr euch wahrscheinlich auch begegnet, aber ihr wäret aneinander vorbeigegangen. Ihr hättet nicht erkannt, dass ihr füreinander bestimmt seid."

Ich schwieg betroffen. So hatte ich die Sache noch nie gesehen.

„Wenn Martin dich wirklich liebt, wird er sich zu dir bekennen. Gib ihm einfach noch etwas Zeit. Er wird es seiner Frau erklären und sie wird sich erst dann neu verlieben, wenn sie die Trennung überwunden hat."

Noch war in meinem Innern die Bereitschaft, Helgas Einwände zu akzeptieren, nicht da.

„Und meine magischen Kräfte? Können die mir gar nicht helfen?", fragte ich trotzig.

„Aber natürlich, Regina. Durch deine Magie kannst du Martin immer mehr an dich binden. Dann wird es ihm leichter fallen, mit seiner Frau zu reden."

„Ach, das ist mir doch noch nie gelungen, einen Mann an mich zu binden."

„Aber bisher war es auch noch nie der Richtige. Du sagst doch selbst, dass ihr füreinander geschaffen seid. Diesmal wird es dir gelingen."

Helga sprach die letzten Worte sehr langsam und sehr eindringlich aus. Dabei sah sie mir unverwandt in die Augen. Schließlich senkte ich den Blick.

„Magierinnen dürfen anderen keinen Schaden zufügen, Regina. Sie müssen lernen, vorsichtig mit ihren Fähigkeiten umzugehen. Sonst kommt es zu Katastrophen."

Ich sprach noch die ganze Nacht mit Helga über dieses Thema.

Sie erzählte mir Dinge, von denen ich noch nie gehört hatte. Und sie sprach von der großen Verantwortung, die wir in uns trugen.

„Vorsichtig mit den Fähigkeiten umgehen." Das hatte ich nie gelernt. Ich wusste zwar, wie ich meine besonderen Kräfte für meine Belange einsetzen konnte. Doch was mit meinen Mitmenschen geschah, die ich durch meine Magie beeinflusste, interessierte mich recht wenig. Ich hatte mich noch nie dafür verantwortlich gefühlt.

Durch das Gespräch mit Helga änderte sich das.

Würde ich lernen, damit umzugehen?

Kapitel 18

Als ich die Eifel verließ, war ich sehr verwirrt. Helgas Worte schwirrten in meinem Kopf herum, lösten abwechselnd Trotz, Unverständnis oder ein schlechtes Gewissen aus.

Bevor ich heimfuhr, besorgte ich mir die Seminarunterlagen über die neue Steuersoftware. Ich versuchte, mich noch etwas einzulesen, aber mein Kopf war mit anderen Dingen beschäftigt. Die Worte aus den Unterlagen erreichten mein Gehirn nicht.

Zum Glück hatte Martin am nächsten Morgen ohnehin keine Zeit, sich mit solchen Dingen zu beschäftigen.

„Meine Frau ist misstrauisch geworden“, sagte er statt einer Begrüßung zu mir. „Ich muss sie etwas beruhigen. Deshalb fahre ich am Wochenende mit ihr und den Kindern zu meinen Schwiegereltern.“

Ich war wie vor den Kopf geschlagen. Wenn mein Zauber auf Martin schon nach zwei Tagen Abwesenheit nicht mehr wirkte, würde ich ihn wohl nie endgültig an mich binden können.

Martin verabschiedete sich und ich fühlte mich miserabel.

Trotz des strahlenden Sonnenscheins wurden meine Tage grau.

Da war er wieder, dieser Druck, der meinen Kopf wie in einem Schraubstock zusammendrückte. Das Flimmern vor den Augen machte es mir schwer, die Welt zu erkennen. Und dann war da die Angst. Sie war körperlich zu spüren, in meiner Brust, in meinem

Bauch. Die Menschen um mich herum taten mir weh, auch wenn sie nichts zu mir sagten, mich nicht einmal ansahen. Ich zog mich ganz weit in mich selbst zurück. Häufig vergaß ich das Ausatmen. Ich behielt die Luft in meiner Lunge, so als hätte ich Angst, sie herzugeben. Vielleicht befürchtete ich aber auch, dass das Ausatmen zu laut war, dass andere es hören könnten. Ich wollte von niemandem bemerkt werden, ganz leise, ganz unauffällig, wie eine Maus in ihrem Loch.

Wenn mir jemand entgegen kam, wich ich weit aus. Nur keinem im Wege stehen.

Die Gesichter der Menschen waren verzerrt und hässlich, sie flößten mir Furcht ein.

Es gelang mir nicht, das Chaos in meinem Kopf zu sortieren.

Ich lief ziellos durch die Straßen, hatte Angst, jemandem zu begegnen, den ich kannte. Nur mit niemandem reden, nichts erklären müssen. Ich nahm die Straßenbahn und fuhr hinaus aus der Stadt. In einem Vorort kannte ich ein verlassenes Fabrikgebäude, dort wollte ich hin. Unterwegs kaufte ich an einer schmuddeligen Imbissbude ein belegtes Brot. Das alte Gebäude war mit Brettern zugenagelt, doch ich fand hinten ein offenes Fenster in der unteren Etage und kletterte hinein. Ein Geruch nach Kot und Urin schlug mir entgegen, anscheinend war ich nicht die Erste, die hier Unterschlupf suchte. Auf dem Boden rollten leere Flaschen herum, überall lagen Zigarettenkippen und Unrat.

In der Ecke sah ich eine alte Decke, davor stand eine Kiste. Ich ließ mich erschöpft darauf nieder, packte mein Brot aus und biss herzhaft hinein. Seltsamerweise empfand ich in dieser Umgebung so etwas wie Geborgenheit. Gierig schlang ich die letzten Bissen des Brotes hinunter. Der Käse war am Rand hart geworden und ich musste husten, als ein zu großer Bissen nicht durch meine Speiseröhre wollte. Ich hatte nichts zu trinken, schielte auf eine halbvolle Flasche Bier, die auf einer Fensterbank stand.

„Regina, wie tief willst du noch sinken?"

Helgas Stimme tauchte unerwartet in meinem Kopf auf.

„Was soll ich tun, Helga? Ich weiß nicht mehr weiter."

Endlich kamen die Tränen, es war wie eine Befreiung, als sie über mein Gesicht liefen.

Helgas Stimme verstummte wieder, sie ließ mich weinen, weinen, weinen.

Ich kramte in meiner Handtasche nach Taschentüchern, fand aber keine. Schließlich musste die schmutzige Decke herhalten, aber ihr Gestank löste einen Brechreiz bei mir aus und ich musste mich übergeben. Erschöpft lehnte ich mich an die kalte Hauswand.

„Komm zurück", hörte ich jetzt Helgas Stimme wieder.

Ich fror und mein Magen krampfte immer noch.

Aber ich wusste nun, was ich tun würde.

Noch war mir nicht klar, ob meine Rückkehr in die Eifel etwas Endgültiges sein würde oder nur ein erneuter Besuch bei Helga. Ich hatte Martin einen Brief geschrieben, ihn um einen vierwöchigen Urlaub gebeten und gesundheitliche Gründe angeführt.

Helga war nicht erstaunt, als sie mich sah.

„Komm herein, ich habe schon auf dich gewartet“, sagte sie zur Begrüßung.

Sie legte den Arm um mich und küsste mich auf die Wange.

„Du kannst so lange bleiben, wie du möchtest. Gern auch für immer, ich mag dich“, setzte sie leise hinzu.

Wir saßen auf dem kleinen Sofa und Helga berührte sacht meinen Nacken. Ich rückte etwas weiter weg, fühlte mich unwohl. Helga lachte. „Keine Angst, hier geschieht nichts, was du nicht möchtest“, sagte sie und zwinkerte mir zu.

„Ich bin so durcheinander“, antwortete ich.

„Das ist der Punkt. Wir versuchen, wieder Ordnung in dein Leben zu bringen und dann sehen wir weiter.“

Helgas Art tat mir gut.

„Lass Martin sausen“, flüsterte sie beschwörend.

„Aber er war doch für mich bestimmt.“

Meine Antwort klang trotzig wie die eines Kindes.

„Ja, vielleicht, aber wenn er sich nicht für dich entscheiden kann und dir nur Schmerz und Leid zufügt, solltest du ihn zum Teufel schicken.“

Nach einer kleinen Atempause setzte sie lachend hinzu:

„Natürlich nur sinnbildlich, nicht wörtlich gemeint."

Ich konnte nicht lachen.

„Und wenn ich ihm nun etwas antue, ohne das ich das will, Helga? Ich habe schon wieder so seltsame Träume. Er wird überfahren, er stürzt einen Abhang hinunter, er ertrinkt in einem See. In meinen Träumen stirbt er jede Nacht."

„Träume sind Schäume. Lass ihn sterben, wenn dir das gut tut. Er wird's schon überleben."

Helga schien sich keine Gedanken zu machen, aber ich hatte Angst um Martin.

Kapitel 19

Nur ein paar Hundert Einwohner hatte das kleine Dörfchen Laudenbach an der badischen Bergstraße im Jahr 1598. Durch den Ort schlängelte sich ein Bach, der den gleichen Namen trug wie das Dorf. Die Kirche in Laudenbach wurde erstmals im Jahr 1238 in einer Bulle von Papst Gregor IX. erwähnt. Doch der spätgotische Bau, den der neue Pfarrer des Ortes Anton Praetorius im Licht der Nachmittagssonne betrachtete, war kaum hundert Jahre alt.

Anton hatte in verschiedenen Urkundenbüchern über seine künftige Wirkungsstätte nachgelesen. Im Kloster Lorsch wurde Laudenbach schon 795 als „Lutenbach" erwähnt. 1232 wurde der Ort dem Hoheitsgebiet des Erzbischofs von Mainz zugesprochen. 1288 wechselte die Ortschaft in Pfälzer Lehen, woraufhin Besitzstreitigkeiten des Pfalzgrafen mit dem Erzbischof von Mainz entbrannten.

1460 legte ein Brand Laudenbach in Schutt und Asche.

Als der kurmainzische Bischof von Worms 1485 die Verwaltung des Ortes übernahm, verblieben die Zoll- und Zentrechte bei der Kurpfalz.

Gegen den Widerstand des Wormser Bischofs führte die Pfalz 1573 gewaltsam die Reformation ein.

Das Gerichtssiegel von Laudenbach war zweigeteilt.

Die linke Seite zeigte auf blauem Grund eine weiße Sichel, die rechte auf weißem Grund eine blaue Weintraube.

Die Symbole standen für die Landwirtschaft und den Weinbau.
Hiervon lebten die Bewohner des badischen Dörfchens.

„Du wirst uns alle umbringen, Anton." Sibylle regte sich schrecklich auf.

„Wenn du ein Buch gegen die Hexenverfolgung schreibst, werden sie uns der Hexenbuhle bezichtigen und uns töten."

Sibylle war wütend auf ihren Mann.

„Nimmt das denn nie ein Ende?", dachte sie.

Sie wollte endlich in Ruhe leben. Wollte keine Angst mehr haben, dass im Morgengrauen finstere Gestalten an ihre Tür klopfen und sie und ihren Mann holen würden.

„Ich kann diesem Treiben nicht tatenlos zusehen", versuchte Anton abermals, seine Frau von seinem Tun zu überzeugen. Aber Sibylle schüttelte nur den Kopf.

„Dass du uns damit in Gefahr bringst, ist dir egal?", rief sie mit verzweifelter Stimme.

„Schau Sibylle, ich werde das Buch nicht unter meinem Namen schreiben.

Ich habe mir ein Pseudonym ausgedacht. Joannem Scultetum Westphalo camensem. Johannes Schultze aus Kamen."

„Den Namen deines eigenen Sohnes willst du benutzen?"

Sibylle konnte es nicht fassen.

„Anton, du bringst uns alle um", wiederholte sie noch einmal und ging mit müden Schritten aus dem Raum.

„Die Bibel sagt Nein zur Folter. Ich kann nicht anders, Sibylle. Einer muss es doch tun", rief Anton ihr hinterher.

Doch Sibylle hörte ihn nicht mehr. Sie sank weinend auf ihr Bett.

Wie gern hätte sie heute mit Anton gesprochen, ihm eine gute Nachricht überbracht. Seit Tagen schon war sie sich sicher, dass sie endlich wieder schwanger war. Sie hoffte, dass ihn diese freudige Mitteilung ablenken würde von seinen düsteren Gedanken.

Anton schien wie besessen zu sein von dem Vorhaben, ein Buch gegen die Hexenverfolgungen zu schreiben.

„Gründlicher Bericht über Zauberey und Zauberer" wollte er es nennen. Er glaubte fest daran, es besser als alle Richter und Regierungen zu wissen. Dabei hatten selbst Calvin, Luther und der Papst gesagt, dass das biblische Gebot „Die Zauberinnen sollst du nicht am Leben lassen" eingehalten werden muss.

Doch das alles konnte Anton nicht stoppen. Jeden Tag saß er an dem alten Holztisch, einen Stapel Papier vor sich, das Tintenfass rechts daneben und schrieb und schrieb und schrieb.

„Er schreibt unsere Totenrede", murmelte Sibylle und legte ihre Hände schützend auf ihren Bauch.

In den folgenden Tagen sprachen die beiden Eheleute nur wenig miteinander. Anton hatte viel zu tun, er wollte eine Armenkasse in Laudenbach einrichten und kümmerte sich um den neuen kirchlichen Friedhof. In jeder freien Minute aber schrieb er an seinem Buch. Sibylle fragte ihn nie danach, was er gerade schrieb. Sie wollte nichts wissen von dem Wahnsinn, dem ihr Mann verfallen war.

„Sie werden unser Kind töten", sagte Sibylle eines Abends mit tränenerstickter Stimme zu Anton.

„Johannes wird nichts geschehen, ich verspreche es dir."

„Ich meine nicht Johannes. Ich meine unser Kind."

Anton begriff Sibylles Worte nur langsam.

„Du bekommst ein Kind?", fragte er mit leiser Stimme.

Sie nickte und Anton nahm seine zerbrechliche Frau vorsichtig in die Arme und küsste sie.

Sibylles Hoffnung, dass die Schwangerschaft Antons Besessenheit mildern würde, erfüllte sich nicht.

In Lich, dem Heimatort von Sibylle, hatte Anton einen Drucker gefunden, der bereit war, sein Buch zu drucken.

„Ein Wahnsinniger", sagte ihr Vater.

Es gelang Anton, sein Tun im Dorf geheim zu halten. Niemand sollte von seinem Werk erfahren, denn er war sich der Gefahr, die auf ihn und seine Familie zukommen konnte, durchaus bewusst. Als Hexenbuhle beschimpft zu werden, konnte in dieser Zeit den Tod bedeuten.

Obwohl Sibylle und er sich auf das Kind freuten, dass ihnen bald geschenkt werden würde, hatte ihre Ehe einen Riss bekommen.

Am Tage gingen beide ihrer Pflicht nach, Anton kümmerte sich als Pfarrer um seine Gemeinde, Sibylle hielt Haus und Garten in Ordnung.

Doch bei Nacht, wenn Anton in seiner Kammer am Tisch saß und schrieb, kam Sibylle sich in ihrem Bett verraten und verlassen vor.

Heimlich musste sie für ihn Kerzen und Öl für die Lampe besorgen. Ständig hatte sie Angst, dass die Leute sie fragen würden, warum sie so viel Licht brauchten.

In den letzten Wochen vor der Niederkunft fand Sibylle in der Nacht kaum noch Schlaf. Immer wieder stand sie auf, schaute nach, ob die Vorhänge vor dem Fenster auch keinen Lichtschein nach draußen dringen ließen, vergewisserte sich, dass Anton nicht am Tisch eingeschlafen war und die Kerze beim Niederbrennen kein Unheil anrichten konnte. Ihr Gesundheitszustand wurde immer schlechter.

Die Hebamme im Dorf hatte ihr gesagt, dass sie sich schonen müsse, dass sie Kraft für die Geburt brauchen würde. Aber Sibylle wurde von Tag zu Tag schwächer.

Eines Nachts erwachte sie aus unruhigem Schlaf, weil ein starker Schmerz ihren Leib zerriss. Als sie aufstand, spürte sie lauwarmes Wasser an ihren Beinen entlang rinnen.

„Anton“, schrie sie, „du musst die Hebamme holen.“

„Aber Sibylle, es ist doch noch gar nicht an der Zeit“, antwortete Anton, griff aber sogleich nach seinem Mantel, als er einen Blick auf seine Frau geworfen hatte.

„Leg dich wieder ins Bett, Frau. Ich komme sofort zurück und bringe die Hebamme mit. Bleib ruhig und vertrau auf Gott, Sibylle.“

Er streichelte ihr über das schweißnasse Gesicht und trat hinaus in die Nacht.

Die Hebamme war mürrisch, weil sie schon wieder um ihre Nachtruhe gebracht wurde. Als sie aber den Pfarrer Praetorius erkannte, riss sie sich zusammen und eilte gleich mit ihm zum Pfarrhaus.

Sibylle lag mit weit aufgerissenen Augen auf dem Bett, presste die Hände auf den Bauch und stöhnte. Die Hebamme schickte Anton hinaus und begann, sich um die Gebärende zu kümmern.

Bis zum nächsten Mittag lag Sibylle in den Wehen.

„Pressen, pressen“, schrie die Hebamme, aber Sibylle hatte keine Kraft mehr.

Schließlich zog die Frau den winzigen Körper mit ihren Händen aus Sibylles Leib.

Sibylle verlor das Bewusstsein. So konnte sie nicht hören, wie die Hebamme murmelte: „Es lebt nicht mehr. Diese qualvollen Stunden konnte es nicht überstehen.“

Kapitel 20

Meine Augen gewöhnten sich nur allmählich an das Dunkel im Zimmer.

Helga huschte immer noch umher, schien hier und da etwas zu verrücken oder zu ordnen. Wir saßen an dem alten runden Tisch, unsere Handflächen lagen flach auf der Tischplatte.

„Du bist das Medium“, hatte Helga mir erklärt, „doch wir brauchen für unsere Sitzung noch weitere Seelen.“ Sie hatte zwei Freundinnen eingeladen, obwohl ich lieber mit Helga allein gewesen wäre. Eine der Damen verströmte einen aufdringlich süßlichen Geruch, der mir in der Nase kribbelte. Ich musste niesen und erntete ein empörtes „Psst“ von Helga.

Gleich darauf zündete sie eine dicke weiße Kerze an, die in einem kunstvoll verzierten Metallleuchter steckte. Im Lichtschein der Kerze erkannte ich nun einen großen Standspiegel, der gegenüber von mir stand. Auf dem Boden war ein runder Kreidekreis zu sehen, genau in seiner Mitte stand der Spiegel.

Ich erschrak, als Helgas Stimme ertönte, tief und dunkel, ganz anders als sonst. Doch dann erinnerte ich mich, sie schon einmal in diesem Tonfall reden gehört zu haben. Damals, als ich sie das erste Mal besucht hatte und sie ein Ritual mit einem Kristallstein gemacht hatte.

„Die menschliche Seele existiert nach dem Tod weiter“, erklärte Helgas Stimme.

„Sie unterscheidet sich nur wenig von ihrer früheren irdischen Existenz. Auch behält sie alle Eigenschaften und Eigenheiten, die sie während ihres Daseins auf Erden besaß.

Mit Hilfe eines Mediums ist es möglich, mit der Seele eines Verstorbenen zu kommunizieren. Das wollen wir heute versuchen."

Helga holte tief Luft, so, als haben sie die eben gesprochenen Worte sehr angestrengt. Lange Zeit war es ganz still. Alle schienen den Atem anzuhalten. Helga hatte ihre Augen zugemacht, etwas leiser ertönte nun ihre Stimme wieder.

„Wir bilden mit unseren Händen einen Kreis, indem wir unsere Finger spreizen. Die kleinen Finger berühren sich. Wir schließen den magischen Kreis."

Ich musste meine Hände weit auseinander biegen, um die kleinen Finger meiner Nachbarinnen erreichen zu können. Wir hatten uns alle tief über den Tisch gebeugt, das Parfum der Dame zu meiner Rechten wurde immer unerträglicher. Es kitzelte, als ihr kleiner Finger meinen berührte und ein Zucken ging durch meinen Körper.

„Ihr spürt die magische Kraft, die durch eure Hände übertragen wird", erklang Helgas tiefe Stimme und ich musste kichern. Ein strafender Blick traf mich und ich verstummte.

„Unter uns ist eine Seele, die die Inkarnation einer anderen Seele aus einer weit entfernten Zeit ist. Doch das irdische Geschöpf hat keine Erinnerung an das frühere Leben. Die Seelenwanderung erfolgt unbemerkt, nur der Geist im Jenseits weiß darüber Bescheid."

An der Art, wie die anderen beiden Helga fasziniert anstarrten, merkte ich, dass jede glaubte, das Medium zu sein. Raffinierte Helga. Sie verstand es, Spannung zu erzeugen.

Wieder zuckten meine Finger und meine Nachbarin, die es bemerkt hatte, flüsterte: „Der Geist, das ist der Geist."

„Kannst du uns hören, du Geist aus einer anderen Welt, einer anderen Zeit?" Helgas Stimme war zu einem kräftigen Bariton angeschwollen und erfüllte das ganze Zimmer. „Gib uns ein Zeichen, nimm Kontakt zu uns auf, sprich durch dein Medium zu uns."

Meine Nachbarin öffnete die Lippen und ich war bereits darauf vorbereitet, den Geist aus ihrem Munde zu vernehmen, als sie einen bellenden Hustenlaut von sich gab. „Entschuldigung", murmelte sie und errötete bis zu den Haarwurzeln. Mit meiner Beherrschung war es jetzt endgültig vorbei. Ich begann, schallend zu lachen und klopfte mir dabei auf die Schenkel.

Helga sah mich böse an. „Der magische Bann ist gebrochen. Es hat wohl keinen Zweck, wenn Regina das alles heute nicht ernst nehmen kann."

Ich war beschämt, denn das wollte ich nicht. Ich wusste, dass Helga es nur gut mit mir meinte, dass sie mir helfen wollte. Sie glaubte fest daran, dass ich die Widergeburt einer Hexe aus dem Mittelalter sei. Auch ich glaubte manchmal an so etwas. Aber heute fand ich ihren Hokuspokus einfach nur lächerlich.

Ich murmelte etwas von entsetzlichen Kopfschmerzen und stand auf, um den Raum zu verlassen. Mein

Blick traf den Standspiegel, den Helga gegenüber dem Tisch aufgestellt hatte. Doch es war nicht mein Spiegelbild, was ich dort erblickte. Ich sah eine junge Frau in einer mittelalterlichen Gewandung. Ein weißes Kleid reichte bis zu ihren Knöcheln, die weiten langen Ärmel verdeckten fast ihre Hände. Über dem Kleid trug sie einen blauen Überwurf, der mit einer Kordel gehalten wurde. Lange blonde Haare waren zu dicken Zöpfen geflochten und fielen ihr bis zur Taille. Noch nie hatte ich sie so deutlich gesehen wie heute. Sie schaute mich aus traurigen blauen Augen an und sagte leise: „Ich heiße Agnes.“

„Du brauchst dich nicht zu entschuldigen.“ Helga sprach mit nachsichtiger Stimme, so als wolle sie ein trotziges Kind beruhigen.

„Ich schäme mich für mein Benehmen.“

„Unsinn, so etwas kann passieren. Du warst gestern einfach nicht gut drauf. Wir hätten die Sache viel eher beenden sollen. Es hatte ohnehin keinen Zweck.“

Ich schaute zu Boden und schwieg.

„Die beiden anderen haben dich gestört. Ich habe es von Anfang an bemerkt. Aber wir brauchten sie.“

Ich schwieg immer noch. Helga kam zu mir herüber und nahm mich in den Arm.

„Alles gut, Regina. Wir versuchen es in ein paar Tagen noch mal. Vielleicht klappt es dann.“

Ich nickte stumm, stand dann auf und ging zu Helgas Schreibtisch, um Bewerbungen zu schreiben.

Wir waren uns inzwischen einig, dass ich bei Helga bleiben würde. Meine Wohnung in Dortmund hatte ich aufgelöst, fast alle Möbel verkauft oder der Caritas überlassen.

Jetzt brauchte ich einen Job. Schließlich wollte ich mich nicht von Helga aushalten lassen. Sie hatte mir zwar angeboten, als ihre Assistentin tätig zu sein, aber spätestens seit gestern musste sie erkannt haben, dass das keine so gute Idee war.

Also bewarb ich mich auf alle Stellenangebote, die im weitesten Sinne etwas mit Bürotätigkeit zu tun hatten. Es war nicht leicht, mit 49 Jahren etwas zu finden.

Torsten, mein Sohn, wollte in Dortmund bleiben. Nach dem Zivildienst hatte er ein betriebswirtschaftliches Studium begonnen, an dem er immer noch bastelte. Meine finanzielle Unterstützung war für ihn selbstverständlich. Seit ich nicht mehr für Martin tätig war, hatte ich den monatlichen Dauerauftrag an Torsten gestoppt. Doch ich wollte ihm während seiner Studienzeit weiter unter die Arme greifen. Das konnte ich nur, wenn ich wieder arbeitete.

„Mach dir keine Sorgen“, sagte Helga jetzt zu mir, die an den Schreibtisch getreten war. „Es wird sich schon etwas ergeben.“

„Ja“, antwortete ich schwach. Ich fühlte mich im Augenblick eher mutlos.

Mit einem Filzstift umrandete ich Stellenangebote in der Tageszeitung, die für mich in Frage kamen. Aber ich war nicht bei der Sache. Gedankenverloren zeichnete ich eine Frau auf den Block, der neben der Zeitung lag. Ihren Kopf mit den langen Zöpfen, das weiße Kleid, den Überwurf, den ich mit dem blauen Filzstift ausmalte.

Helga schaute überrascht auf meine Zeichnung. „Wer ist das?“, fragte sie.

„Weiß ich nicht“, antwortete ich.

„Woher kennst du sie?“

„Ich kenne sie nicht.“

„Aber du hast sie schon einmal gesehen?“

„Ja.“

Ich kritzelte mit dem Stift durch meine Zeichnung, um die Frau wieder unsichtbar zu machen.

„Vergiss es“, murmelte ich.

Aber Helga konnte man nicht so schnell abschütteln.

„Sie sieht aus wie eine Zeichnung aus einem Buch über das Mittelalter.“

„Möglich.“

„Wo hast du sie gesehen, Regina?“

„In deinem Standspiegel, gestern.“

Helga sank auf einen Stuhl.

„Vorher auch schon?“

„Ja, ein paar Mal. Aber erst seit gestern weiß ich, dass sie Agnes heißt.“

„Ich glaub es nicht“, hauchte Helga.

Die Erscheinung im Spiegel ließ Helga nicht mehr los. Sie durchwühlte historische Bücher, suchte im Internet und in Bibliotheken nach der mysteriösen „Agnes“. Sie schlug auch sofort eine neue spiritistische Sitzung vor, um wieder Kontakt zu Agnes aufzunehmen. Aber ich wollte nicht. Ich entwickelte eine seltsame Scheu vor diesen Dingen, empfand eine unerklärliche Angst.

„Mach die Sitzung ohne mich“, bat ich Helga.

„Das ist nicht möglich und das weißt du auch ganz genau. Du bist das Medium. Sie wird nicht erscheinen, wenn du nicht dabei bist.“

Ich zuckte die Achseln. Es war mir egal. Ich hatte genug von dem ganzen Hokuspokus. Ich wollte nicht mehr wissen, ob ich die Widergeburt einer Frau aus dem Mittelalter war. Ich wollte einfach in Ruhe gelassen werden, einen neuen Job finden und ein normales Leben führen.

Kapitel 21

Sibylle war verzweifelt. Während ihr Mann sich immer noch Nacht für Nacht die Schrecken des Hexenprozesses von Birstein von der Seele schrieb, wuchs ihre Angst. Nach einem kalten und nassen Sommer fiel schon im Oktober der erste Schnee in Laudenbach. Die Menschen litten unter der Kälte, Vieh und Pflanzen starben.

Auch Sibylle hatte kaum noch Lebensmut. Die Todgeburt ihres Kindes brachte sie an den Rand des Wahnsinns. Und ihr Mann Anton schrieb und schrieb und schrieb.

Wetterte in seinem Buch gegen die Verfolgung der Hexen und Dämonen. Erklärte, was Zauberei und Zauberer sind, was sie tun, wem sie schaden und wie man sie daran hindern kann. In 13 Kapiteln versuchte er, die Obrigkeit vom Hexenwahn abzubringen. Jedes Argument untermauerte er mit einem Zitat aus der Bibel.

„Dabei merkt er nicht, dass er selbst ein Opfer der Hexenbrut ist."

Für Sibylle stand fest, dass sie und ihr Mann verflucht waren.

Sie redete sich ein, dass die Hexe, die ihr Mann vor dem Scheiterhaufen gerettet hatte, sie verfolge und ihr immer neues Unglück bringe.

Nach dem Prozess hatten die Leute in Birstein erzählt, dass Agnes nach ihrer Freilassung an den Folgen der Folter gestorben sei, aber Sibylle glaubte nicht daran. Vor einigen Tagen hatte sie eine Frau auf dem Markt gesehen, die wie Agnes aussah. Sibylle war davon überzeugt, dass die Hexe wieder da war und sie verfolgte.

In den kommenden Wochen wurde die Not im Pfarrhaus immer größer. Die Ernte war schlecht, Anton war mit den Erträgen aus seinen Feldern und Wiesen nicht zufrieden. Auch der Wein, den sie an der Anhöhe hinter der Kirche angebaut hatten, trug in diesem Herbst schlecht.

Sibylle glaubte, dass das alles ein Werk Agnes' war. Sie hatte sie jetzt schon mehrere Male gesehen, im Ort trieb sie sich herum, aber auch auf den Feldern und in den Bergen.

Längst hatte Sibylle einen Plan, um sich und ihren Mann zu retten.

Auf dem Markt in Laudenbach fragte Sibylle die Leute aus. Wer war die junge Frau, wo kam sie her, wo wohnte sie? Aber niemand konnte Sibylle Auskunft geben, wie genau sie auch Agnes beschreiben mochte.

„Nach wem suchst du im Dorf?“, fragte Anton seine Frau eines Abends. Sibylle erschrak. Sie wollte nicht, dass Anton von ihrem Tun etwas erfuhr. Aber die Leute in Laudenbach waren geschwätzig und hatten dem Pfarrer davon erzählt, dass seine Frau die Leute ausfragte.

„Man hat mir von einer jungen Frau erzählt, die hier in der Umgebung Kräuter sammelt, die die Fruchtbarkeit des Leibes fördern. Die habe ich gesucht.“

„Das ist brav von dir, Sibylle. Aber du bist noch zu schwach, um wieder ein Kind zu bekommen. Du musst dich erst erholen. Außerdem musst du vorsichtig sein mit den Kräutern. Einige von ihnen sind giftig und schaden mehr als sie nutzen."

„Ich pass schon auf, Anton." Sibylle war froh, dass sie dem Gespräch eine andere Wende geben konnte.

Der Winter wurde streng in Laudenbach. Es schneite ununterbrochen, jeden Tag musste Sibylle den Weg zum Pfarrhaus frei schaufeln. Trotz der Kälte ging sie oft in den Ort, der eisige Wind zerschnitt ihr das Gesicht. Sie versuchte, sich mit Tüchern und Wollschals zu schützen, doch die Kälte kroch durch jede Faser.

Nur einmal sah sie Agnes, bei dem alten Pferdestall am Zedernweg. Sibylle versteckte sich und beobachtete die junge Frau heimlich. Was machte sie dort bei den Pferden? Brachte sie ihnen Wasser oder Hafer? Heimlich schlich Sibylle hinter Agnes her.

Im Pferdestall musste sie sich erst an das spärliche Licht gewöhnen, bevor sie etwas erkennen konnte. Die Pferde standen dicht gedrängt beieinander, aus ihren Nüstern stiegen dicke Dampfwolken auf. In einer Ecke fand Sibylle ein Bündel Lumpen, notdürftig als Schlafstelle hergerichtet. Auf den Lumpen kauerte Agnes, zitternd vor Kälte mit rot geränderten Augen.

„Was machst du hier?", fragte Sibylle sie.

„Bitte verrat mich nicht. Wenn sie mich hinauswerfen, erfriere ich. Kein Mensch kann bei diesen Temperaturen eine Nacht im Freien verbringen."

Sibylle tastete unter ihrem Mantel nach dem Messer, das sie mitgebracht hatte. Sie würde dem Treiben dieses gottlosen Geschöpfes ein Ende bereiten.

Doch die zitternde Frau vor ihr witterte die Gefahr. Sie sprang auf und rannte aus der Scheune. Erschrocken ließ Sibylle das Messer fallen und stürzte der jungen Frau hinterher. Aber schon nach wenigen Metern musste sie einsehen, dass sie für einen Wettlauf mit der Frau viel zu schwach war. Sie sank keuchend auf den Boden und schrie hinter der Flüchtenden hinterher.

„Lass dich nie wieder hier blicken, du Hexe. Du bringst Unglück über Mensch und Tier. Verschwinde aus Laudenbach."

Von ihrer Begegnung mit Agnes erzählte Sibylle ihrem Mann nichts.

Sie musste den Kampf gegen die Hexe allein führen.

Der strenge Winter forderte in Laudenbach Opfer bei Mensch und Tier.

Sibylle war wieder schwanger geworden, doch sie erlitt schon nach wenigen Wochen eine Fehlgeburt. Sie verbrachte die meiste Zeit im Bett. Anton machte sich große Sorgen um seine kränkelnde Frau. Erst als ein milder Frühling ins Land kam, schien es ihr etwas besser zu gehen.

Anton hatte sein Buch fertiggestellt. Doch, dass er sich als Verfasser nicht zu erkennen geben durfte, widerstrebte ihm zutiefst. Das Werk fand große Beachtung unter den Bürgern. Viele schienen die Hexenverfolgungen abzulehnen.

Nur Sibylle steigerte sich immer mehr in den Hexenwahn. Überall sah sie Verderben, Elend und Tod, ausgelöst von bösen Kräften.

Als nach einem heißen Sommer ein großes Pferdesterben in Laudenbach begann, wusste Sibylle, wer hieran schuld war.

Die Bewohner der Umgebung holten einen Wahrsager, der mit einer magischen Zeremonie dem Sterben der Tiere ein Ende setzen wollte. Sibylle und Anton eilten in den Ort, um das Geschehen zu beobachten. Vor dem Rathaus versammelten sich die Dorfbewohner mit ihren Pferden. Der Bürgermeister marschierte vorweg und verstreute eine geheimnisvolle Mischung auf der Erde, die der Wahrsager hergestellt hatte. Während der ganzen Prozedur ließ der Schultheiß die Glocken läuten. So hatte der Wahrsager es gefordert.

Anton schüttelte mit dem Kopf. „Welch ein abergläubisches Teufelswerk!“ Sibylle stimmte ihm zu. „Damit werden sie nichts erreichen. Das Pferdesterben wird weitergehen.“

Anton war erfreut, dass seine Frau endlich einmal seine Meinung teilte. Doch er irrte sich. Sibylle zog ihn hinter eine Häuserwand und flüsterte ihm erregt etwas ins Ohr. Durch das laute Wiehern der Pferde konnte Anton seine Frau erst nicht verstehen. Sie musste ihre Worte mehrmals wiederholen, bis Anton endlich verstand.

„Ich weiß, wer die Pferde tötet. Ich habe sie gesehen, Anton. Im Pferdestall. Es ist Agnes.“

Kapitel 22

Die Arbeit in dem kleinen Architekturbüro gefiel mir gut. Ich erledigte dort die Buchhaltung, machte die Lohnabrechnungen und stellte monatlich eine Kostenkalkulation auf. Das Büro lief gut. Wer in Prüm und Umgebung die Absicht hatte, ein Haus zu bauen, ging zum Architekten Gustav Berlingen.

Er war ein netter alter Herr, mit dichten grauen Haaren, etwas gehbehindert.

„Hat Kinderlähmung gehabt“, verriet mir Karin, die Bauzeichnerin. „Ein Bein ist nicht mehr mitgewachsen. Deshalb humpelt er so.“

Mich störte das nicht. Ich war froh, einen Job gefunden zu haben. Das Zusammenleben mit Helga war nicht immer einfach für mich. Wir hatten über die Erscheinung im Spiegel nicht mehr gesprochen. Aber ich wusste, dass Helga wie besessen in Büchern, Aufzeichnungen und im Internet nach der Identität der mittelalterlichen Frau suchte.

„Lass mich damit in Ruhe“, bat ich Helga. So sehr ich lange Zeit von meiner eigenen Magie fasziniert gewesen war, so sehr wollte ich sie jetzt vergessen, abschütteln.

Doch in Helgas Umgebung war das so gut wie unmöglich.

„Wer als Hexe geboren wurde, bleibt eine Hexe, das ganze Leben lang.“

Helga spürte, ohne dass ich große Erklärungen abgeben musste, was mit mir los war. Eines Abends legte sie den Arm um mich, als wir nebeneinander auf ihrem kleinen Sofa saßen. „Regina, ich weiß, dass dir das alles nicht mehr geheuer ist. Du willst in Ruhe gelassen werden, weil du Angst vor deiner eigenen Macht hast. Aber du kannst nicht einfach die Augen verschließen und so tun, als ob nichts wäre. Du bist mit besonderen Fähigkeiten geboren und du wirst sie bis an dein Lebensende haben, ob du das willst oder nicht. Du kannst sie nicht einfach abstellen oder ausschalten. Sie sind immer da, auch wenn du glaubst, sie nicht zu nutzen."

„Ich habe Angst, Helga."

„Ja, ich weiß. Aber gerade deshalb solltest du eine Lösung finden. Es ist gefährlich, die eigene Magie zu ignorieren. Sie kann sich verselbständigen, kann in dein Unterbewusstsein dringen und dann kannst du sie nicht mehr steuern."

„Du meinst, dass ich unbewusst Dinge tun könnte, die ich eigentlich nicht will?"

„Ja, so ähnlich, Regina. Du verlierst die Kontrolle, wenn du deine Fähigkeiten verleugnest."

„Ich möchte sie nicht mehr benutzen. Ich möchte einfach nur noch eine ganz normale Frau sein."

Helga zog mich an sich und ließ mich weinen. Wie ein Kind lag ich in ihren Armen und ließ mich trösten. Sie streichelte mich und wischte mir die Tränen aus dem Gesicht. Es tat gut, sich so fallen zu lassen. Allmählich wurde ich etwas ruhiger, spürte Wohlbehagen und gab mich ganz Helgas Zärtlichkeiten hin. Es tat so gut, was sie mir mit machte. Ihre Hände schienen zu wissen, an welchen Stellen ich gestreichelt werden wollte. Den Rücken hinunter bis zu meinem Po, dort, wo die zärtliche Berührung mir eine Gänsehaut bereitete. Die Beine, die Oberschenkel, alles verwandelte sich unter ihren Händen in zitternde Ungeduld. Ich konnte später nicht mehr sagen, was mich plötzlich erschreckte. Ich schrie auf und stieß Helga von mir. Sie schien nicht erstaunt oder verletzt zu sein. Sie flüsterte nur leise: „Ist ja gut, Regina. Es ist alles gut", und verließ das Zimmer.

Wir sprachen nicht über diesen Vorfall. Doch ich musste oft daran denken, öfter, als mir lieb war.

Helga hingegen schien die Angelegenheit völlig vergessen zu haben. Sie benahm sich wie immer, war nicht verlegen, schien sich keine Gedanken darüber zu machen.

Ich vermied fortan jegliche körperliche Berührung mit Helga. Auch zeigte ich mich nicht mehr unbekleidet oder in Unterwäsche, wie es früher zwischen uns üblich war. Helga war nicht mehr die Freundin, der ich blind vertrauen konnte. Sie war jemand geworden, vor dem ich mich in Acht nehmen musste. Der mir gefährlich werden konnte. Ich war ständig auf der Hut. Eine Weile überlegte ich, mir eine eigene Wohnung zu suchen. Ich verdiente ganz gut in dem Architekturbüro, die Arbeit machte mir Spaß. Sicherlich hätte mir Gustav Berlingen eine kleine Wohnung besorgen können. Doch ich hatte Angst vor dem Alleinsein. Das war noch nie meine Stärke gewesen. Und eigentlich mochte ich Helga doch, auch wenn das Zusammenleben mit ihr manchmal schwierig war. Also beschloss ich, den Vorfall mit Helga zu vergessen. Vielleicht hatte ich alles nur geträumt.

Es war an einem Freitag im August, als mein Leben abermals eine Wende nahm. Der Tag war unerträglich heiß gewesen. Das Architekturbüro Berlinger besaß keine Klimaanlage. Der Schweiß rann mir bereits am Morgen in meinen Blusenkragen.

Als ich nachmittags das Büro verließ, fühlte ich mich gar gekocht. Seit einer halben Stunde zuckten Blitze am Himmel auf. Der Donner kam immer näher, die ersten Tropfen hinterließen bereits große zackige Flecken auf den staubigen Fensterscheiben. Als ich auf die Straße trat, erfasste mich eine gewaltige Windböe, mein Schirm wölbte sich mit einem Knirschen nach außen, ich hatte Mühe, ihn zu halten.

„Kann ich sie mitnehmen?“

Ich hatte das Auto, das neben mir hielt, zunächst gar nicht bemerkt.

Ich kannte Thomas Bergental nur flüchtig, er war Bauingenieur. Hin und wieder kam er zu mir ins Büro und ließ sich etwas aus seiner Gehaltsabrechnung von mir erklären. Er verdiente gut. Als sein Gesicht aus dem Seitenfenster des Autos zu mir hoch schaute, fielen mir sofort die Zahlen auf seiner Gehaltsabrechnung ein.

„Ich muss zur Bushaltestelle. Dort ist ein Unterstand. Es wäre nett, wenn sie ...“

Thomas Bergental öffnete die Autotür und ließ mich einsteigen.

„Puh, was für ein Wetter“, stöhnte ich.

„Ja, aber das konnte man heute kommen sehen. Es war den ganzen Tag so unerträglich schwül. Dass es da noch was geben würde ...“

Seine Haare waren etwas zerzaust, auf seiner Jeans waren ein paar runde dunkle Flecken. Wieso war mir bisher gar nicht aufgefallen, wie unverschämt gut er aussah?

Bestimmt war er jünger als ich. Verdammt, ich erwürgte den blöden Gedanken sofort.

„Ich setze sie auf keinen Fall an der Bushaltestelle ab. Nachher werden sie noch vom Blitz getroffen. Und wer kümmert sich dann um meine Gehaltsabrechnung? Also sagen sie mir lieber freiwillig, wo sie wohnen."

„Nierlauch", antwortete ich lachend. „Kennen sie das? Es ist am alten Pestkreuz!"

„Klar, kenn ich das. Bisschen unheimlich, die Gegend, oder? Wohnt dort nicht diese Hexe? Es gab doch mal einen Skandal. Sie soll eine Frau in den Tod getrieben haben."

„An diesen Quatsch glaube ich nicht", gab ich zurück und versuchte, das Thema zu wechseln.

„Arbeiten sie schon lange für Berlinger?"

„Ja, ich habe direkt nach dem Studium bei ihm angefangen. Der Alte ist in Ordnung. Leider ist sein Sohn nicht so geraten, wie er es sich erträumt hat. Hat die Schule geschmissen. Versucht sich jetzt als Musiker. Als Nachfolger ist er wohl nicht geeignet."

„Und da machen sie sich Hoffnungen, der Kronprinz zu werden?"

„Ja, vielleicht. Allzu lange wird Berlinger nicht mehr arbeiten. Er ist gesundheitlich ja auch nicht mehr so auf der Höhe. Aber noch spricht er nicht über den Ruhestand. Ich glaube, irgendwann wird er in seinem Büro tot umfallen."

„Oh.“ Die Vorstellung erschreckte mich.

„Geht er noch auf die Baustellen?“, fragte ich, um das Thema Tod zu überspringen.

„Schon lange nicht mehr. Durch seine Gehbehinderung ist er ja ziemlich gehandicapt. Da wäre es viel zu gefährlich, über Holzbohlen zu balancieren und Leitern hoch zu klettern. Nee, das machen wir alles. Er sitzt nur noch im Büro.“

„Wir sind da, sie können mich hier herauslassen.“

Thomas Bergental blinzelte durch die beschlagene Scheibe.

„Hier wohnen sie?“, fragte er.

„Ja“, gab ich hastig zurück und streckte ihm die Hand entgegen. „Vielen Dank, Herr Bergental. Es war wirklich nett, dass sie mich nach Hause gebracht haben.“

„Moment, nicht so eilig. Ich wollte sie doch noch fragen, ob sie morgen schon etwas vorhaben.“

Oh nein, nur das nicht! Nicht mit 53! Ich hatte doch genug von den Männern. Bloß keine neuen Komplikationen! Oder doch???

„Eigentlich nicht. Meine Freundin wird sowieso das ganze Wochenende vor dem PC sitzen und googlen. Sie sucht seit Wochen etwas im Internet. Ich finde das ziemlich langweilig.“

„Prima, dann hol ich sie gegen 15.00 Uhr ab. Mal sehen, was wir machen. Die Eifel bietet ja genug Ausflugsziele. Mir wird schon was einfallen.“

„Okay. Ich freue mich“, antwortete ich und stieg aus.

Thomas Bergental wendete den Wagen, winkte mir noch einmal zu und brauste davon.

Ich fühlte eine erwartungsvolle Freude ihn mir, die ich schon lange nicht mehr gespürt hatte. Beschwingt schloss ich die Haustür auf, ging ins Badezimmer und stellte den ramponierten Schirm in die Badewanne. Dann begann ich, meine Haare trocken zu rubbeln. Ich fuhr erschrocken hoch, als Helga plötzlich im Türrahmen erschien.

„Wer war das?", fragte sie mich mit strenger Stimme.

In den folgenden Wochen und Monaten traf ich mich häufig mit Thomas. Allerdings nie wieder an einem Wochenende, da hatte er keine Zeit.

„Wetten, dass er verheiratet ist?" Helga spuckte Gift und Galle, sobald die Sprache auf Thomas Bergental kam. Sie mochte ihn nicht, allmählich gewann ich den Eindruck, dass sie überhaupt keine Männer mochte.

„Was erhoffst du dir von dem?", sagte sie eines Abends zu mir. „Alles, was er dir geben kann, bekämst du auch bei mir. Wenn du nur wolltest", setzte sie leise hinzu.

Ich ging zu ihr und nahm sie in den Arm. „Ich bin nicht so, Helga. Verzeih mir, wenn ich dich enttäuscht habe."

„Du hast mich nicht enttäuscht, Regina. Aber manchmal habe ich Zweifel, ob du wirklich eine Magierin bist. Vielleicht habe ich mich geirrt."

„Du suchst immer noch nach der Frau in dem blauen Gewand?"

„Nein, ich habe sie längst gefunden. Sie ist 1597 der Hexerei bezichtigt worden und man hat ihr den Prozess gemacht. Sie wurde gefoltert."

„Wo hat sie gelebt, Helga?"

„In Rinderbügen, das liegt im Hessischen. Eine Zeit lang hat sie auch als Magd in Kamen gelebt. Das kennst du sicher, es ist nur zwanzig Kilometer von Dortmund entfernt."

„Ja, natürlich kenne ich Kamen. Dort bin ich geboren. Ist sie an der Folter gestorben oder hat man sie auf dem Scheiterhaufen verbrannt?"

„Es gab einen sehr mutigen Pfarrer namens Anton Praetorius, der sie vor dem Scheiterhaufen rettete. Aber es war zu spät. Agnes hatte durch die Folter so schwere Verletzungen erlitten, dass sie kurz nach ihrer Rettung starb."

„Anton Praetorius? Nie gehört. Hast du das alles im Internet gefunden?"

„Ja, und noch viel mehr. Er hat übrigens auch zeitweise in Kamen gelebt. Irgendwie scheint alles mit diesem Ort zusammenzuhängen. Dass du dort geboren wurdest, habe ich völlig vergessen. Hast du es mir schon einmal erzählt?."

„Aber ja, Helga. Merkwürdig, du vergisst doch sonst nie etwas!"

Kapitel 23

„Nein, Sibylle, glaube mir, so ist es nicht." Anton Praetorius seufzte. Wie konnte er nur seine Frau von diesem Hexenglauben abbringen? Immer noch sah sie ihn und sich verfolgt von Hexen, von Teufeln, von dem Bösen. Sie glaubte tatsächlich, Agnes sei noch am Leben und würde Unheil über sie bringen.

„Du hast mir selbst gesagt, dass sie gestorben ist, damals in Rinderbügen. Sie hat die Folter nicht überlebt, Sibylle."

„Pah, Anton, weißt du nicht, wie viele Leben Hexen haben? Damals ist sie gestorben, ja, das mag sein. Aber heute lebt sie wieder. Sie verfolgt uns. Glaubst du, ich würde sonst jedes Kind, das in meinem Leib wächst, verlieren?"

„Ich schreibe Bücher gegen die Hexenverfolgung, und du, Sibylle, mein eigenes Weib, du glaubst an die Hexen und ihr unseliges Tun? Weißt du nicht, wie sehr du mir damit schadest?"

„Ach Anton, sie haben dich doch auch verhext. Du bist ein Hexenbuhle geworden. Du nimmst sie in Schutz, du schlägst dich auf ihre Seite. Aber uns, Anton, führst du damit ins Verderben."

„Aus, Schluss, ich will nichts mehr hören, Weib." Anton schrie seine Frau an.

So viele Menschen hatte er überzeugen können von seiner Ansicht über Hexen. So viele, als er endlich den Mut fand, ein Buch gegen die Hexenverfolgung unter seinem eigenen Namen zu schreiben. Wie stolz war er darauf gewesen.

Er überzeugte selbst den Richter Johann Bodde aus Kamen, der eine persönliche Widmung in sein Buch schrieb.

Einige Jahre waren ins Land gegangen, in denen Anton glaubte, der Hexenwahn sei endlich besiegt. Doch in letzter Zeit gab es neue Verfolgungen, neue Anklagen.

Und Sibylle ließ sich sofort wieder anstecken von dem unseligen Irrglauben an die Hexen.

Anton wandte sich kopfschüttelnd ab.

„Ich habe sie wieder gesehen, Anton“, wisperte Sibylle jetzt.

Anton schien es, als könne er den Irrsinn in ihren Augen sehen.

„Hör auf, Sibylle.“

„Nein, nein, sie ist wieder hier. Sie sucht uns. Wir können uns nicht verstecken.“

„Wir müssen uns nicht verstecken, Sibylle. Die Frau, die du für Agnes hältst, ist ein armes Geschöpf, das ihr nur etwas ähnlich sieht. Sie treibt sich hier in der Gegend herum, um irgendwo einen Unterschlupf und etwas Essbares zu finden. Sie ist völlig harmlos und will keinem etwas Böses.“

„Das denkst du, Anton. Aber was war damals mit den Pferden? Sie hat das Pferdesterben verursacht, hast du das schon vergessen?“

„Unsinn, die Pferde sind an giftigen Pflanzen gestorben, die sie gefressen haben.“

„Ja, die hat Agnes ihnen gegeben. Ich habe sie gesehen, damals im Pferdestall.“

„Aber dort hat sie nur geschlafen, weil sie nicht wusste, wohin sie sollte, Sibylle.“

„Ich weiß es besser, ich habe sie gesehen.“

Anton gab auf. Zu oft hatte er schon versucht, seine Frau von ihren abergläubischen Gedanken abzubringen.

Er wollte nicht weiter mit ihr darüber streiten. Sollte sie glauben, was sie wollte. Er war zu müde, um ihr noch zu widersprechen.

Sibylle erhob sich von ihrem Stuhl, griff zu ihrem Mantel und einem Tuch und schickte sich an, das Haus zu verlassen.

„Wohin gehst du?“, fragte Anton. „Es wird bald dunkel, da solltest du das Haus nicht mehr verlassen.“

„Ich muss noch zu Magda. Sie hat Kräuter für mich gesammelt.“

„Die kannst du auch noch morgen abholen“, rief Anton seiner Frau hinterher, doch die hatte das Haus schon verlassen.

„Sie gehorcht mir nicht mehr“, dachte Anton betrübt und sah durch das Fenster hindurch, wie Sibylle in der Dämmerung verschwand.

Die Nacht löste den Abend ab und Anton war immer noch allein im Pfarrhaus in Laudenbach. Er machte sich Sorgen, war aber auch wütend auf seine Frau, die so gar nicht mehr folgsam war.

„Wenn sie kommt, werde ich ihr mit dem Stock zeigen, wer hier der Herr im Haus ist.“

Noch nie hatte Anton seine Frau geschlagen. Er verabscheute Gewalt, aber er wusste nicht mehr, wie er Sibylle zur Vernunft bringen konnte.

Schlaflos wälzte er sich im Bett hin und her. Wo mochte sie sein? Magda wohnte am Rande des Ortes, sie müsste längst wieder da sein, wenn sie dort nur Kräuter abgeholt hatte.

Es war nach Mitternacht, als Anton Geräusche an der Tür hörte.

„Sibylle?", rief er, „bist du das?" Als er keine Antwort erhielt, stand er auf und ging zum Hauseingang. Er öffnete die Tür und spähte nach draußen, um zu sehen, was das Geräusch verursacht hatte. Im ersten Augenblick sah er nichts, erst als er nach unten schaute, erblickte ein Bündel Lumpen. Ohne zu überlegen, griff er nach dem Bündel und zog es hoch.

„Sibylle, mein Gott, was ist geschehen?"

Entsetzt starrte Anton auf die Gestalt, die er in seinen Armen hielt. Sibylle schien ohnmächtig zu sein, Kleid und Mantel waren zerrissen und mit Blutflecken übersät.

Als Anton seine Frau auf das Bett tragen wollte, fiel ein Gegendstand polternd zu Boden. Vorsichtig legte er die Besinnungslose ab und bückte sich dann, um nachzuschauen, was dort hingefallen war. Seine Hand zuckte zurück, als er das blutverschmierte Messer erkannte, das Sibylle gewöhnlich zum Fleischzerkleinern benutzte.

„Was hast du getan?", flüsterte Anton in das totenbleiche Gesicht seiner Frau, ohne eine Antwort zu erwarten. Doch sie schlug die Augen auf, verzog das Gesicht zu einem teuflischen Lächeln und sagte mit unerwartet kräftiger Stimme: „Ich habe ihr das Herz herausgerissen, Anton. Sie wird nie wieder etwas Böses tun."

Erst jetzt sah Anton, dass Sibylles Hand etwas umklammert hielt, wie im Krampf hatte sich ihre Hand verkrallt. Mit Gewalt löste Anton die Finger und nahm Sibylle den blutigen Klumpen aus der Hand. „Was ist das?", krächzte er, obwohl er die Antwort schon kannte. „Ihr Herz", schrie Sibylle, „ich musste es tun, sonst wäre sie wieder und wieder geboren worden."

Sibylle schrie weiter, Worte, die Anton nicht mehr verstehen konnte. Sein Verstand konnte dem ihren nicht mehr folgen, und als es endlich schwarz vor seinen Augen wurde, empfand er das als Wohltat.

Eine strahlende Sonne weckte Anton am nächsten Morgen. Sibylle lag immer noch im Bett. Mit einem Lächeln im Gesicht schlief sie tief und fest. Anton erwachte auf dem Fußboden, seine Glieder schmerzten, und noch weigerte sich sein Kopf, das Erlebte in die Erinnerung zurückzuholen. Es traf ihn wie ein Schlag, als er plötzlich alles wieder wusste.

Ohne lange nachzudenken, nahm er den blutigen Klumpen vom Boden, wickelte ihn in ein Tuch und trug ihn heraus. Dann vergrub er ihn in Sibylles Gemüsebeet, tief genug, dass ihn dort niemand finden konnte. Er stampfte die Erde wieder fest und ging zurück ins Haus. Dort entkleidete er seine Frau, warf alles, was sie angehabt hatte, in einen Korb. Sie war wach geworden, ließ alles mit sich geschehen, ohne ein Wort zu sagen.

Anton holte Wasser aus dem Brunnen und wusch seine Frau ab. Im Haus war es kalt, Anton hatte kein Feuer gemacht. Auch das Wasser war eisig, und Sibylles Zähne klapperten aufeinander.

Anton und sie sprachen kein einziges Wort. In der Truhe wühlte Anton nach frischen Sachen für seine Frau, warf sie auf's Bett und rief: „Anziehen, los, bevor jemand kommt."

Sibylle gehorchte schweigsam.

„Wo ist sie?", herrschte Anton seine Frau an. „Im Weinberg an der Straße nach Hemsbach. Gleich am Anfang, gegenüber der alten Pappel."

Anton nahm den Korb mit den blutverschmierten Kleidern seiner Frau, legte ein paar alte Decken obenauf und lief los. Er musste nicht lange suchen, um die Überreste des armen Geschöpfes zu finden, das seine Frau für eine Hexe gehalten hatte. Bis zum Bachufer war es nicht weit. Und jetzt, am frühen Morgen, war hier noch niemand unterwegs. Anton hüllte den kindlichen Körper in die Decken und zerrte ihn hinunter zum Bach. Er beschwerte die Leiche mit ein paar Steinen, die er am Ufer fand und übergab das Bündel dann den Fluten. Der Bach hatte hier eine starke Strömung und riss die Fracht eine Weile mit sich, dann saugten sich die wollenen Decken voll Wasser, die Steine taten das übrige und das ganze Bündel versank in den Fluten.

Anton eilte zurück, um den Korb zu holen. Er wiederholte die Prozedur, beschwerte auch den Korb mit Steinen, warf alles ins Wasser. Diesmal dauerte es etwas länger, bis die Fluten ihr Werk vollbracht hatten, doch nach einigen Minuten floss der Bach dahin, als sei nichts geschehen.

Anton starrte auf das Wasser. Er hatte nicht nachgedacht, nur das getan, was er tun musste. Mit schweren Schritten schleppte er sich zurück zu seinem Haus.

Die Dielen des Holzfußbodens glänzten feucht, als Anton in die Stube trat. Sibylle musste sie vor wenigen Minuten geschrubbt haben. Das Bett war ordentlich gemacht, auf dem Tisch standen ein Teller und ein Holzbrett mit Brot. Daneben lag die aufgeschlagene Bibel. Anton warf ein Blick auf die Seiten und las aus dem alten Testament 2. Buch Moses die Zeilen, die jemand unterstrichen hatte: „Die Zauberinnen sollst du nicht am Leben lassen".

Von Sibylle war weit und breit nichts zu sehen.

Kapitel 24

Die Nacht nahm kein Ende. Ich drehte mich von einer Seite auf die andere. Der Schlaf wollte nicht kommen. Vollmond. Hexen schlafen nicht bei Vollmond. Aber was machen sie dann? Um 4.15 Uhr gab ich auf. Ich ging in die Küche, um mir ein Glas Wasser zu holen. Helga schien dort auf mich gewartet zu haben. „Kannst du auch nicht schlafen?“ „Vollmond“, antwortete ich einsilbig.

„Ich hatte schon den Verdacht, dass Thomas dich nicht schlafen lässt.“

Ich formte meine rechte Hand, die gerade nach der Wasserflasche greifen wollte, zu einer Faust. Dabei gab ich ein pustendes Geräusch von mir, um Helga das Absurde ihres Gedankens klar zu machen.

„Thomas ist ein Kollege von mir, mehr nicht.“

Mein Gott, warum verteidigte ich mich? Sollte Helga doch denken, was sie wollte. Ich war ihr keine Rechenschaft schuldig.

„Mach mir nichts vor, Regina. Ich kenne dich gut. Vielleicht besser als du dich selbst kennst. Du hast dich verliebt, gib es doch zu.“

„Vielleicht“, gab ich zurück, erschrocken darüber, wie hoch meine Stimme klang.

„Er ist verheiratet.“ Helga sah mir triumphierend ins Gesicht. Glaubte sie wirklich, dass ich das nicht wüsste?

„Langsam glaube ich, dass ich mich mal im Kindergarten umschauen muss, um endlich auf einen Ledigen zu stoßen.“

Helga schien in dieser Vollmondnacht keinen Sinn für Witze zu haben.

Ihr blasses Gesicht blieb reglos, als sie den Arm um mich legte.

Die Kohlensäure des Mineralwassers wollte aus meinem Magen hochsteigen. Ich biss die Lippen zusammen und befreite mich aus der Umarmung.

„Lass es Helga. Es hat keinen Zweck."

„Ich verstehe dich nicht. Du hast doch mit den Kerlen schon so viel mitgemacht. Soll das ewig so weitergehen? Du hast etwas Besseres verdient."

„Dich zum Beispiel?" Helga zuckte zusammen.

Die Zunge schien an ihrem Gaumen zu kleben, als sie antwortete.

„Ja, mich zum Beispiel. Du hast dir hier bei mir ein neues Leben aufgebaut. Bist du nicht glücklich bei mir, mit mir? Willst du all das wegwerfen?"

„Soll ich bis an mein Lebensende dankbar sein, dass ich bei dir wohnen darf? Zahle ich keine Miete? Trage ich nicht zu den Lebenshaltungskosten bei? Wir bilden eine Wohngemeinschaft, nichts weiter."

„Nichts weiter?" Helgas Stimme war nur noch ein Flüstern.

Ich sah, dass sie mit den Tränen kämpfte. Sie tat mir Leid.

„Helga", begann ich, kam aber nicht weiter, weil die Worte, nach denen ich suchte, noch nicht erfunden waren. Ich wollte ihr nicht weh tun, aber ich wollte eine klare Grenze ziehen. Als Helga mit hängenden Schultern aus der Küche ging, wusste ich, dass sie meine unausgesprochenen Worte verstanden hatte.

Helga hatte recht. Ich hatte mich in Thomas Bergenthal verliebt.

„Nie wieder einen Verheirateten.“ So lange war das noch gar nicht her, als ich mir diesen Satz hoch und heilig versprochen hatte. Und doch war es wieder passiert. Ich konnte mich nicht dagegen wehren. Mein Körper reagierte einfach auf ihn, jedes mal, wenn wir uns sahen. Dieses Wärmegefühl, das den Oberkörper durchflutete, der Herzschlag, der sich mehr und mehr verlangsamte, der Kopf, der plötzlich leer war.

Wenn ich den Mund aufmachte, wusste ich schon im nächsten Moment nicht mehr, was ich gesagt hatte. Erleichterung, wenn er lachte.

„Kann ja so schlecht nicht gewesen sein“, dachte ich dann.

Kurz gesagt, ich war verliebt wie ein Teenager. Und es gefiel mir. Sicherlich gab es nicht viele Frauen jenseits der fünfzig, die so etwas noch einmal erleben durften.

Und noch etwas gefiel mir insgeheim: Helga's Eifersucht. Zeigte sie mir doch, was für eine begehrte Frau ich war.

Kapitel 25

Anton wälzte sich unruhig in seinem Bett hin und her. Er fand keinen Schlaf. Schließlich stand er wieder auf und setzte sich an den Küchentisch. Im Osten ging bereits eine milchige Sonne auf, der Morgen war kühl. Man merkte, dass der Winter bald kommen würde.

Sibylle war nicht heimgekommen. Ihr Bett war unberührt. Seufzend erhob Anton sich, begann sich zu waschen und anzuziehen.

„Wenn es richtig hell ist, werde ich sie suchen. Sie kann nicht weit sein, so schwach und kraftlos, wie sie war."

Doch Anton suchte vergeblich. Tagelang streifte er durch den Ort Laudenbach und seine Umgebung. Von der Weschnitz im Westen über die Bergstraße bis auf die Juhöhenscholle des kristallinen Odenwaldes durchkämmte er die Gegend. Von Sibylle fand er keine Spur.

Einmal kam ihm der Gedanke, Freunde um Hilfe zu bitten. Aber er verwarf diese Idee sogleich wieder. Was sollte er den Freunden erzählen? Dass seine Frau eine Mörderin war, dass sie dem Hexenwahn erlegen war, wie die vielen anderen Menschen, mit denen er, Anton, so hart ins Gericht ging? Nein, nein, er musste diesen Kampf allein ausfechten. Nur Gott konnte ihm helfen, ihm und Sibylle.

Im Dorf erzählte Anton, seine Frau sei bei ihren Eltern. Es schien niemand Verdacht zu schöpfen.

Anton ging seinen Pflichten nach, hielt seine Predigten, schaute nach Kranken und Sterbenden, kümmerte sich um Kinder und Arme. Doch jede freie Stunde nutzte er, um nach Sibylle zu suchen. Immer noch hoffte er, sie lebend in irgendeinem Versteck zu finden. Doch immer früher wurde es dunkel, immer kälter wurden die Nächte und immer mehr schwand Antons Hoffnung, seine Frau wiederzusehen.

Als er eines Abends in der Dämmerung zurück zu seinem Haus kam, wartete Hermann Spieß, der Schulmeister auf ihn.

Anton begrüßte ihn freundlich, denn er hatte lange keinen Besuch mehr bekommen und er unterhielt sich gern mit dem Schulmeister. Doch das Gesicht von Hermann Spieß blieb ernst, Antons Lächeln erwiderte er nicht.

„Kommt herein, Schulmeister. Wollt ihr ein Brot mit mir essen? Warmes kann ich euch nicht anbieten, ihr wisst sicher, dass mein Weib bei den Eltern ist."

Hermann nickte mit dem Kopf, blieb aber mit hängenden Schultern vor Anton stehen.

„Ich habe eine Nachricht aus Heidelberg für Euch."

Hermanns Stimme klang belegt.

„Aus Heidelberg?" Die Angst griff nach Antons Herz und umklammerte es.

„Johannes?", hörte sich Anton sagen, während es in seinem Inneren schrie: „ Nein, Gott, bitte nur das nicht!"

Hermann ging auf ihn zu, legte einen Arm um ihn.

„Er ist tot, Anton. Sein Herz, es war nicht gesund."

Anton sank auf einen Stuhl. Alle Kraft schien aus ihm gewichen zu sein, er konnte nicht mehr stehen, nicht mehr denken, nicht mehr atmen.

Hermann holte ein Glas Wasser und hielt es Anton an die zitternden Lippen. Doch Anton schluckte nicht, die Tropfen liefen an seinem Kinn herab.

„Er hat sich zuviel zugemutet", begann Hermann jetzt, die Nachricht zu erklären.

„Er wollte sie alle retten, die Alten und die Kranken. Aber sein Herz war zu schwach. Es hat die Strapazen nicht ausgehalten."

„Er war erst achtundzwanzig", erwiderte Anton tonlos.

„Mein einziges Kind", setzte er kaum hörbar hinzu.

„Ihr braucht euch eurer Tränen nicht zu schämen", sagte Hermann, aber Anton weinte nicht. Er schaute hinauf zu dem Kreuz, das über dem Tisch hing und fragte leise: „ Warum?"

Gleich darauf sprang er auf, umklammerte die Schultern des Schulmeisters und schüttelte ihn heftig.

„Warum nimmt er mir drei Ehefrauen, lässt zehn meiner Kinder sterben, bevor sie ein Jahr alt sind und nimmt mir dann noch den einzigen Sohn, der das Erwachsenenalter erreicht hat? Warum? Warum?" Anton schrie und schüttelte und zerrte an dem Schulmeister herum, als sei dieser Schuld an seinem Elend.

Dann sank er erschöpft auf den Boden.

„Weil ich die Hexen nicht retten konnte? Glaubst du, Hermann, dass er mich deshalb straft?"

„Nein, so darfst du nicht reden, Anton. Gottes Wege sind unergründlich. Du darfst nicht deinen Glauben an ihn verlieren."

Hermann Spieß half Anton auf die Beine, legte ihn behutsam auf sein Bett. Er traute sich nicht, den Pfarrer allein zu lassen. Er zog sich einen Stuhl ans Bett und wachte die ganze Nacht bei Anton. In dieser Not konnte er den Freund nicht allein lassen.

Anton schlief unruhig. Er fantasierte. Als der Schulmeister ihm im Morgengrauen die Hand auf die Stirn legte, war sie glühend heiß. Hermann tränkte einen Lappen mit kaltem Wasser und legte ihn auf Antons Kopf. Als der Pfarrer etwas später ruhiger schlief, glaubte Hermann, die kalte Kompresse hätte das bewirkt.

Er konnte nicht wissen, dass Anton in einen erlösenden Traum hinüber geglitten war. Dass Agnes ihm erschien und ihm Frau und Sohn zurückbrachte.

Zuerst glaubte Anton, Sibylle zu erkennen, doch als er sie rief, schüttelte Agnes heftig mit dem Kopf.

„Nein, Anton, es ist nicht Sibylle. Sie muss ihren Weg auf Erden zu Ende gehen. Ich bringe dich zu Maria, zu Johannes Mutter."

„Maria!" Endlich konnte Anton weinen. Die Tränen liefen über sein Gesicht, als er auf Maria und Johannes zulief. Er umarmte die beiden, drehte sich um zu

Agnes, um ihr zu danken. Aber Agnes war nicht mehr da. Sie war verschwunden. So ging Anton engumschlungen mit Maria und Johannes dem Licht entgegen, das ihnen aus der Ferne entgegen leuchtete.

Die Sonne schien hell am Morgen des 6. Dezember 1613, als Hermann Spieß, der Schulmeister, Anton Praetorius die erloschenen Augen zudrückte.

Kapitel 26

Helga veränderte sich immer mehr. Die Eifersucht auf Thomas Bergental schien sie zu zerfressen. Wir sprachen nur noch wenig über ihn. Ab und zu sagte sie Sätze wie: „Er wird dir kein Glück bringen“, oder „es wird kein gutes Ende nehmen mit ihm.“

Ich gab dazu keinen Kommentar ab. Irgendwie spürte ich, dass sie Recht hatte. Aber zugeben wollte ich das nicht.

Immer noch war Helga besessen von dem Gedanken, dass ich die Wiedergeburt der Hexe Agnes war. Sie recherchierte wie wild im Internet, wälzte düstere Bücher über das späte Mittelalter und die Hexenverfolgung und immer häufiger sprach sie von Anton Praetorius so, als ob sie ihn kennen würde und mit ihm gesprochen hätte. Es war mir etwas unheimlich, aber ich maß dem Ganzen keine allzu große Bedeutung bei.

„War er nicht ein sehr mutiger Mann? Er hat gegen die Hexenverfolgungen der damaligen Zeit gekämpft“, erwiderte ich einmal auf Helgas Wortschwall. Ihre Augen verengten sich, als sie mich ansah.

„Ja, heute stellt man ihn als Helden dar. Als Kämpfer für die Hexen. Aber hat er auch nur eine retten können? Nein, er hat tatenlos zugesehen, wie sie gefoltert wurden. Er war nicht besser als die anderen.“

Fortan vermied ich auch dieses Thema. Selbst wenn Helga mich manchmal mit verschwommenen Augen ansah und mich „Agnes“ nannte, ignorierte ich das.

Thomas lud mich zu seinem 45. Geburtstag ein. Nicht nur mich, auch andere Kolleginnen und Kollegen. Mit Partner sogar. Ich zog die Augenbrauen hoch, als er zu mir sagte: „Du kannst natürlich Helga mitbringen."

Es wurde ein netter Abend. Marion, Thomas Frau, schien eine perfekte Gastgeberin zu sein. Charmant plaudernd eilte sie von einem zum anderen, füllte Gläser nach, bot Frisches vom Grill an, reichte Salatschüsseln und Desserts umher.

Ich spielte mit Thomas Kindern Bocchia, als Marion sich zu uns gesellte. „Die Kinder mögen sie, Regina. Oder darf ich einfach ‚Du' sagen?"

Ich nickte. Ein Kopfschütteln wäre auch sicherlich unhöflich gewesen.

„Ich bewundere Frauen wie dich", lächelte Helga mich an.

„Warum?", fragte ich erstaunt.

Einen Augenblick war sie etwas verlegen, hatte sich aber schnell wieder im Griff.

„Na, dass du den Mut hast, so offen mit deiner Veranlagung umzugehen. Dass du dich nicht versteckst, sondern der Welt zeigst: ‚Hier bin ich, ich bin anders als ihr, aber ihr solltet das akzeptieren.' "

Ich war sprachlos. Thomas hatte seiner Frau offensichtlich erzählt, dass Helga und ich ein lesbisches Paar seien.

Nach dem ersten Schock fand ich das Ganze irgendwie auch schlau von ihm. So konnte Marion ja wirklich nicht auf den Gedanken kommen, dass Thomas und ich ...

Helga fühlte sich sichtlich wohl an diesem Abend. Sie hatte Thomas' Spielchen schnell durchschaut und nahm die Situation nun zum Anlass, immer wieder mal den Arm um meine Schulter zu legen oder meinen Rücken zu streicheln.

Später am Abend, als sie schon einige Gläser Wein getrunken hatte, verkündigte sie lautstark: „Regina ist eine Hexe."

Auf die allgemeine Belustigung hin setzte sie noch einen drauf.

„Sie hat mich total verhext, vom ersten Tag an."

Dabei versuchte sie, mich zu küssen. Gerade noch rechtzeitig konnte ich den Kopf zur Seite drehen.

„Und so schüchtern ist die Hexe", brüllte irgendjemand und alle lachten.

Ich flüchtete auf die Toilette, schloss mich ein und wischte mir mit einem Handtuch die Augen trocken.

Es klopfte an der Tür. „Regina, mach auf!" Ich erkannte Thomas' Stimme.

Als ich aufschloss, sah er sich schnell nach beiden Seiten um, huschte dann in die Gästetoilette und sperrte wieder zu.

„Hör zu, ich habe das nur ..."

„Ich weiß, warum du das gemacht hast."

Meine Stimme klang belegt, mit aller Macht versuchte ich, die Tränen zu unterdrücken.

„Es tut so weh", brachte ich mühsam hervor.

Thomas nahm mich in die Arme, küsste mich sanft. Ich erwiderte seinen Kuss, erst zögernd, dann immer heftiger.

Er drängte mich zum Toilettentopf, zog meinen Rock hoch und stellte mein rechtes Bein auf den Klodeckel. Ich stöhnte.

„Ich verspreche dir, dass wir bald wegfahren. Nur wir beide. Nach Sylt oder so. Wir ganz allein."

Thomas Sätze kamen keuchend. Trotzdem klangen sie in meinen Ohren wie Engelsgesang.

Kapitel 27

Wir fuhren tatsächlich nach Sylt. Mitten im Februar. Das Wetter meinte es gut mit uns, eine kalte Wintersonne begleitete unser Wochenende. Zusammen sprangen wir über die zerstreute Glut des Biikefeuers. Das sollte uns zusammenschweißen, aber es kam ganz anders ... Thomas beendete unsere Beziehung schon kurz nach der Sylt-Reise und ich fiel in eine tiefe Depression.

Ich ließ mich krankschreiben und verbrachte die meiste Zeit des Tages im Bett. Helga kümmerte sich rührend um mich. Doch ständig hatte sie dieses „Ich-hab-es-doch-gleich-gesagt-Gesicht“.

Obwohl ich tagsüber eher gleichgültig und apathisch war, quälten mich nachts heftige Alpträume. Im unruhigen Schlaf ließ ich Thomas tausend qualvolle Tode sterben. Immer wieder sah ich ihn vor mir, blutüberströmt, mit grausamen Verletzungen am ganzen Körper oder aber einfach zusammengesunken, steif, bleich.

Nach einiger Zeit legte Helga eine eifrige Aktivität an den Tag.

„Du musst dir eine neue Arbeit suchen“, befahl sie mir.

„Du kannst den Kerl doch nicht jeden Tag sehen, daran gehst du kaputt.“

Ich schüttelte mit dem Kopf. Ich wollte keine neue Arbeitsstelle.

Ich wollte gar nicht mehr arbeiten, nur noch im Bett bleiben.

Helga runzelte die Stirn.

„Er wird dich nicht noch einmal töten", murmelte sie und ich erschrak, als ich in ihre Augen blickte. Diesen Hass hatte ich dort noch nie gesehen.

Helga schleppte mich zum Arzt, der eine „depressive Verstimmung" feststellte und mich weitere zwei Wochen arbeitsunfähig schrieb. Mir war es egal.

Helga schnitt Stellenangebote aus der Zeitung aus, schrieb Bewerbungen für mich. An meinem Desinteresse schien sie langsam zu verzweifeln. Immer häufiger ging sie jetzt aus dem Haus, ließ mich allein zurück. Ich fragte nicht, wohin sie ging. Es interessierte mich einfach nicht.

Der Morgen des 23. März 2008 war verregnet. Vom Bett aus sah ich die Wassertropfen an der Scheibe herunter rinnen.

Helga legte mir die Zeitung aufs Bett, sagte mit einer seltsamen Stimme: „Solltest du lesen", und verließ das Zimmer.

Als ich Thomas' Todesanzeige sah, begannen die Buchstaben vor meinen Augen zu tanzen.

„Ich habe ihn umgebracht", hämmerte es in meinem Kopf. Mit meinen wilden Träumen, meiner magischen Kraft hatte ich Thomas' Tod verursacht.

„Unsinn", schimpfte Helga mit mir und ich wunderte mich darüber, denn gerade sie glaubte doch so fest an meine Fähigkeiten.

„Er ist an einer Fischgräte erstickt", erklärte sie mir. „Ich hab es von Carla gehört."

Thomas' Tod schien mich wieder zum Leben zu erwecken. Ich verließ das Bett, um mir einen schwarzen Blazer zu kaufen und an der Beerdigung teilzunehmen.

„Er hat immer gern Fisch gegessen, das mit der Gräte ist also kein Wunder“, sagte ich mir ein ums andere Mal, um das diffuse Schuldgefühl in meinem Magen loszuwerden.

Helga ging nicht mit zur Beerdigung.

„Du solltest da auch nicht hingehen“, bat sie mich. Doch mein eigener Wille war wiedergeboren worden.

Der Alltag kehrte zurück in mein Leben. Ich nahm meine Arbeit wieder auf, fühlte mich allmählich besser. Auch mein Verhältnis zu Helga normalisierte sich wieder. Sie gab sich freundlich, verständnisvoll, kameradschaftlich. Mehr nicht. Annäherungsversuche musste ich nicht mehr abwehren.

Helga ging wieder voll auf in ihrem Beruf. Sie veranstaltete Rituale, Hexensabbat und Geisterbeschwörungen. Ich nahm niemals daran teil, aber Helga drängte mich auch nicht dazu.

Als ich eines Abends von der Arbeit nach Hause kam, fand ich sie betrunken vor. Auf dem Tisch stand eine Flasche Wein, bis auf einen kleinen Rest bereits ausgetrunken. Helga schwankte mir entgegen.

„Er war da“, lallte sie.

„Wer war da?“, fragte ich verständnislos.

„Anton P. Er sucht mich.“

Ich führte Helga zum Sofa, half ihr, sich hinzulegen und blieb bei ihr sitzen, bis sie eingeschlafen war. Auch ich ging zeitig an diesem Abend zu Bett.

Mitten in der Nacht hörte ich plötzlich Geräusche. Ich stand auf, um nachzusehen, was geschehen war. Helga war aufgestanden und hatte dabei die Stehlampe umgeworfen. Aus glasigen Augen sah sie mich an. Ich hob die Lampe wieder auf und beruhigte sie: „Nichts geschehen, Helga. Am besten kommst du jetzt auch ins Bett."

„Nichts geschehen? Du hast ja keine Ahnung, Regina, was alles geschehen ist."

Ich wurde neugierig.

„Was ist denn alles geschehen? Und wer war da, Helga?"

„Geht dich nichts an. Er ist tot. Er kann dir nichts mehr antun!"

„Wer, Helga?"

„Na, Thomas, wer sonst?"

„Aber du hast Anton P. gesagt. Wen meinst du damit? Anton Praetorius, den aus dem Mittelalter, meinst du den?"

„Ja, den. Oder Thomas. Das ist egal."

„Wieso ist das egal, Helga? Was meinst du damit?"

Helgas Stimme war immer noch schmierig, sie sprach, als habe sie eine heiße Kartoffel im Mund.

„Ein und derselbe", nuschelte sie jetzt.

„Du meinst, Thomas Bergenthal und Anton Praetorius sind eine Person? Eine Wiedergeburt?"

Helga nickte heftig.

„Hast du das nie bemerkt? Er hat keine Ruhe gefunden. Weil er dich damals nicht retten konnte. Weil du gestorben bist an den grausamen Folterungen, die er mit angesehen hat. Und zugelassen hat. Er hat dich umgebracht, damals. Und er hätte dich auch heute umgebracht. Wenn ich es nicht verhindert hätte."

Ich brauchte eine Weile, bis ich Helgas Worte begriff.

„Was hast du verhindert?", fragte ich Helga leise.

„Dass er dich vernichtet. Du warst Agnes, die Hexe und er Anton, der Pfaffe. Er hat dich damals nicht retten können und er hätte es heute nicht gekonnt. Er war dein Verderben. Ich musste es tun!"

„Was musstest du tun?" Meine Stimme war nur noch ein Flüstern.

Helga lachte hysterisch auf.

„Ich hab es doch für dich getan, glaub mir", jammerte sie jetzt.

Dann senkte sie ihre Stimme wieder und flüsterte nur noch verschwörerisch.

„Es war ganz einfach. Das Gift kann man im Internet bestellen. Ich wusste von Carla, dass sie oft essen gehen in diesem Fischrestaurant. Ich musste nicht lange warten. Ich hab ihm meinen Orangensaft über den Ärmel geschüttet und ihm dann das Zeug in den Wein gekippt. Hat keiner gemerkt!" Sie kicherte albern.

„Aber man hat dich bestimmt erkannt."

„Nein, nein, Regina. Nicht einmal du hättest mich erkannt. Niemand hat etwas gemerkt. Nicht mal der Notarzt. Erstickungstod beim Fischessen, da liegt die Ursache doch auf der Hand, nicht wahr?"

Helga grinste mich an.

„Du hast Thomas vergiftet? Er ist gar nicht an einer Fischgräte erstickt?“ Ich konnte es nicht fassen.

Helga nickte und sah mich an, als ob sie ein Lob von mir für ihre Tat erwarten würde.

Ich verließ den Raum ohne ein Wort. Meine Schlafzimmertür schloss ich ab. Doch ich tat kein Auge mehr zu in dieser Nacht.

Am nächsten Morgen, es war ein Samstag, war Helga verschwunden. Ihr Bett war unbenutzt, doch ich stellte fest, dass ihre Reisetasche und ein paar Kleidungsstücke fehlten.

Ich versuchte vergeblich, die Gedanken in meinem Kopf zu ordnen.

Helga war eine Mörderin, sie hatte Thomas umgebracht. Um mich zu schützen. Nur widerstrebend konnte ich einsehen, dass ihr das gelungen war. Seit Thomas Tod ging es mir wesentlich besser. Ich hatte ihm den Tod gewünscht und sie hatte gehandelt.

Ich grübelte den ganzen Tag nach, was ich jetzt machen sollte.

Erst gegen Abend fasste ich einen Entschluss. Morgen würde ich zur Polizei gehen und Helga anzeigen. Man würde Thomas Leiche obduzieren und das Gift finden. Dann würde man eine Fahndung nach Helga aufnehmen, sie festnehmen und anklagen. Ein vorsätzlicher Mord. Sie würde den Rest ihres Lebens im Gefängnis verbringen.

Am Abend stellte ich den Fernseher ein, um mich etwas abzulenken.

Die Nachrichten berichteten von einem grausamen Unfall, bei dem eine Fußgängerin ums Leben gekommen war. Ein LKW-Fahrer hatte die Frau nicht gesehen und überrollt. Der Filmbericht zeigte Sanitäter und Ärzte, die aufgeregt hin und her liefen. Aus der Dunkelheit tauchte eine Bahre auf, die zum Leichenwagen gebracht wurde. Eine Gestalt lag darauf, zugedeckt mit einer Decke. Ganz zugedeckt, auch der Kopf. Nur unten schauten braune Stiefel unter dem Laken hervor. Dunkelbraune Stiefel, wie die, die Helga vorige Woche gekauft hatte.

Die frühere **„Martin-Luther-Schule“** am **„Gondelteich“**. Hier bekam Regina ihr verhängnisvolles erstes Zeugnis.

Kamen-Methler, Ortsteil Westick
Seit Jahrzehnten ist das Geisterhaus in Kamen-Methler verriegelt und verrammelt. Woher kannte Regina dann die Aufteilung der Zimmer?

Brunnen am alten Markt
Heute wird der Marktplatz in Kamen von einem begehbaren Brunnen geschmückt. War Regina bei der feierlichen Einweihung am 25. Juni 1993 mit dabei?

Der **Galenhof** ist der einzige heute noch erhaltene Burgmannshof in Kamen. Die Großmutter der Autorin hat hier 50 Jahre ihres Lebens gewohnt.

Zipfel auf … und weg.
Traumreisen
vom Ruhrpott ans Ende der Welt
Jürgen Erdmann
Foto: © Jürgen Erdmann
Foto: © Jürgen Erdmann